香港兒童文學名家精選 **何紫**

尖沙咀海旁
的聚會

新雅文化事業有限公司
www.sunya.com.hk

香港兒童文學名家精選

尖沙咀海旁的聚會

作　　者：何紫
插　　畫：野人
策　　劃：甄艷慈
責任編輯：潘宏飛
美術設計：李成宇
出　　版：新雅文化事業有限公司
　　　　　香港英皇道499號北角工業大廈18樓
　　　　　電話：(852) 2138 7998
　　　　　傳真：(852) 2597 4003
　　　　　網址：http://www.sunya.com.hk
　　　　　電郵：marketing@sunya.com.hk
發　　行：香港聯合書刊物流有限公司
　　　　　香港新界大埔汀麗路36號中華商務印刷大廈3字樓
　　　　　電話：(852) 2150 2100　傳真：(852) 2407 3062
　　　　　電郵：info@suplogistics.com.hk
印　　刷：中華商務彩色印刷有限公司
　　　　　香港新界大埔汀麗路36號
版　　次：二〇一二年七月初版
　　　　　二〇一九年五月第四次印刷

ISBN: 978-962-08-5654-9
© 2012 Sun Ya Publications (HK) Ltd.
18/F, North Point Industrial Building, 499 King's Road, Hong Kong.
Published and printed in Hong Kong

目錄

出版緣起

冰心説：「必須要有一顆熱愛兒童的心，慈母的心。」兒童是社會的未來，每一位成年人，都有責任關心兒童的健康成長。而優秀的兒童文學作品，正是兒童健康成長不可缺少的精神食糧。它們蘊含着真、善、美，能真切地反映兒童的心聲，能帶給兒童歡樂和有益的啟示，能鼓勵兒童積極向上，奮發進取。

回顧香港兒童文學的發展，由 20 世紀 30 年代香港兒童文學的開始萌芽，到 21 世紀的今天，有許多兒童文學作家一直在為香港兒童文學的繁榮辛勤地耕耘着。他們當中，既有從內地南來的作家，也有土生土長的作家；當中有不少文壇長青樹，也有很多新晉的年輕作家。這些作家為香港兒童創作了一批又一批的優秀作品，為香港兒童文學創作的發展作出巨大貢獻。

本公司一向致力於為兒童提供優質讀物，藉踏入 50 周年新里程之際，我們希望更廣泛地推出各種有益兒童身心的圖書，尤其是本土兒童文學作品，因此策劃出版《香港兒童文學名家精選》叢書。

本叢書是由各位作家在其已出版的著作中，精選出曾獲過獎，或是能代表其創作風格的作品結集成書。體裁包括童話、童詩、生活故事、兒童小説、科幻故事、幻想小説、散文等。作品展示了上世紀 50 年代至本世紀初香港少年兒童的精神面貌和社會風情，曾在讀者中產生過重大影響，並經得起時間的洗禮。

何紫先生曾說過：「倘若我們不從小培養小孩子閱讀的興趣，他們又怎能建立鞏固的語文基礎？」其實，我們不僅關注培養小孩子的閱讀興趣，提高他們的語文能力，我們更希望藉由優秀的兒童圖書，把愛心、善良、孝順、正直、勤奮、樂觀、堅強、關懷、謙虛、公義等種子植播於孩子的心田。叢書裏的作品既文字優美，更是充滿着真善美的人文關懷。

是次出版，我們挑選了在香港兒童文學創作上卓有成就的作家。我們希望由此而為當代少年兒童提供優質的讀物，也為香港兒童文學創作的研究留下具時代意義的印記，更由此表達本公司對兒童文學作家的由衷敬意。

本叢書能得以順利出版，全賴各位作家的鼎力支持。此外，特別感謝阿濃先生為本叢書撰寫總序，感謝謝錫金教授和羅淑君女士撰文推薦。

為了令讀者對各位作家有更多的認識，叢書還特地設有「作家訪談」，讀者可以由此了解各位作家如何走上文學創作之路、他們對兒童文學的見解等。

叢書後設有每位作家「主要的兒童文學原創作品」資料和獲獎資料，旨在為香港兒童文學的原創生態留下史料，並為讀者提供廣泛閱讀的書目。

叢書總序

在孩子心裏埋下愛、美、善的種子

阿濃

兒童文學是文學中最難搞的一門。

所有優秀文學作品要具備的條件，兒童文學都要具備。

但兒童文學的用字用詞有限制，宜淺不宜深。兒童文學的造句有講究，宜短不宜長。兒童文學的表達有要求，宜明白曉暢，不宜過分含蓄艱深。對許多作家來説，就是淺不起來，短不起來，明白不起來。他們做不到，不想做，甚至不屑做。

兒童文學的內容要純淨，像高山絕頂的雪，容不得絲毫污染。因為它是給我們純潔天真的小寶貝的精神食糧，其品質要求更甚於物質食糧的奶粉。但純淨不等於淡而無味，它芬芳，有大自然的氣息；它甜美，如地上樹上藤蔓上的果實；它富於營養，又容易吸收。這就對兒童文學作家個人的品質有了要求，兒童文學作家能標籤為organic，他的作品才屬於 organic。

許多做父母的都知道餵孩子吃東西是一件苦差，想孩子接受我們為他們而寫的作品，同樣是強迫不來的。兒童文學作家要有十八般武藝，施展渾身解數，令他們笑，使他們覺得有趣，利用他們的好奇，刺激他們思考，引發他們感動，其實是很吃力的。

要成為一個成功的兒童文學作家，他首先要懂孩子的心，那

就需要他自己有一顆童心。他同樣愛吃、愛玩、愛笑、愛哭、愛熱鬧、好奇、愛問為什麼。他同樣愛幻想，不受拘束、仁慈慷慨、視眾生平等。一顆赤子之心，試問在這烏煙瘴氣的世界裏多少人還能擁有？

優秀的兒童文學作家是如此難得，但社會（包括文學界、出版界）對他們又有多重視呢？寫書給孩子看被視為「小兒科」，大家對小兒科醫生十分尊重，對成人文學作家與兒童文學作家之比卻視為大學教授與幼稚園教師之比，使不少兒童文學作家不想擁有這個名號。同樣反映在版稅方面，兒童書的版稅普遍低於成人書，這也使兒童文學作家氣餒。

幸運地，香港還是出現了一批可愛可敬的兒童文學作家，多年來他們創作了豐盛的兒童文學作品。出版了大量的書籍，也被選作課文。在成千上萬的孩子心中，埋下了愛、美、善、關懷、正直、公義、勤奮⋯⋯的種子，使我們的下一代有普遍的好品質好表現。這是兒童文學作家們最堪告慰的。

作為香港兒童讀物出版重鎮的新雅文化事業有限公司，1991年不惜工本，編印了《香港兒童文學作家系列》，邀請最出色的兒童書插畫家繪圖，硬皮精印，成為香港兒童文學的里程碑。21年後，新雅再次出版一套《香港兒童文學名家精選》叢書，為當代少年兒童提供最好的精神食糧，為研究香港兒童文學留下有價值的資料，同時向香港的兒童文學家們致敬，可謂意義重大。

祝願香港出現更多出色的兒童文學作家，祝願他們的地位獲得提升，祝願他們寫出更多更精彩的作品。

推薦序一

優秀的兒童文學作品歷久不衰

要想兒童喜歡閱讀，必須要有大量有趣的，能引起他們的閱讀意慾的優質讀物。我很高興地看到，雖然有人說香港是文化沙漠，但仍有不少兒童文學作家在勤奮地為兒童寫作，各家兒童圖書出版公司每年也為兒童提供大批印製精美的讀物。

今年香港書展，香港規模最大、歷史最悠久的兒童圖書出版社——新雅文化事業有公司，推出《香港兒童文學名家精選》叢書，精選一批對本港兒童文學卓有建樹的著名作家的作品，為香港兒童提供最好的精神食糧。

十位作家包括：黃慶雲、何紫、阿濃、劉惠瓊、嚴吳嬋霞、何巧嬋、東瑞、宋詒瑞、馬翠蘿和周蜜蜜。十位作家的作品，展示了上世紀五十年代至本世紀初香港少年兒童的精神面貌和社會風情，從不同層面刻劃了香港兒童的成長足跡，以及他們成長中所遇到的困擾。

和現在相比，上世紀的兒童生活和現今的兒童生活有着很大的差別，他們的生活遠比現在的兒童困苦。但是兒童的心性是相通的，他們的歡樂和煩惱，無一不是當今香港兒童所常遇到的；而他

們面對挫折而表現出的勇氣和智慧，又給當今的少年兒童提供了有益的啟示和學習榜樣。

優秀的兒童文學作品影響力歷久不衰，本叢書正好印證了這一點。

我誠意向各位關心兒童健康成長的家長和教師推薦這套有益兒童身心的優質圖書，也藉此向各位辛勤耕耘的兒童文學作家表示敬意。

謝錫金
香港大學教育學院中國語言及文學部教授
香港大學中文教育研究中心前總監

推薦序二

向陪伴兒童成長的文學作家致敬

收到新雅的邀請，為這套《香港兒童文學名家精選》寫推薦序，實在有點兒受寵若驚。為的是叢書內網羅了香港差不多半世紀內鼎鼎大名、優秀的兒童文學作家。其中黃慶雲（雲姐姐、雲姨）更在1938 年曾到本會位於香港大學馬鑑教授的西營盤宿舍樓下的會所為街童講故事，她是推動本港兒童閱讀的先行者。

《香港兒童文學名家精選》內的作家都是香港兒童文學上的中流砥柱，他們的著作吸引了無數的讀者，深受新一代歡迎。在本港推動閱讀文化的各項活動中，鮮有不包括他們的作品。

雲姨是全球知名的兒童文學家；周蜜蜜是雲姨的女兒，以香港兒童成長為題，對兒童成長經歷的過程有細膩深刻的認識；何紫先生將不同年代的童年呈現，伴隨香港的成長，閱讀他的童話就像閱讀香港不同年代的社會發展；東瑞的故事，天馬行空、科幻、出人意表的情節啟迪兒童對未來的好奇，跨越常規的突破和創意；馬翠蘿對人際關係的敏銳描述，是小學生最喜愛的作家；阿濃讓跨代爺孫親切之情、愛護環境等浮現於故事情節中；何巧嬋校長以童話手法寫香港孩子的生活，希望小讀者能跳出眼前的局限；劉惠瓊姐姐

透過動物故事，將兒童成長責任中的困惑、與朋友的交往娓娓道來；嚴吳嬋霞女士的作品描述了兒童的純真。

優良的圖書和故事作品，會令培育兒童愛上閱讀變得輕而易舉。

如果說多運動能令兒童體格強壯，多閱讀則令兒童心智豐盛。小學階段，兒童從 6 歲開始到 12 歲的期間，是發展閱讀最重要的階段。兒童成長中，9 歲以前，是要學會掌握閱讀的能力；9 歲以後，他們透過閱讀去學習日新月異的知識，透過文字故事以豐富人生成長的經歷。好的故事、引人的情節、雋逸的文筆不單能為新一代開啟知識之門，讓思想騰飛，還能接觸社會內不同的價值取向、人際交往關係之錯綜複雜面。

《香港兒童文學名家精選》包含的故事仍是我們推動兒童閱讀的工作者經常採用的。它不單將本港兒童文學作出一個較為整全的匯聚，同時亦為父母提供了一個安心的選擇，羅列了多元化、鼓勵兒童閱讀的好作品。

謹此向一羣努力耕耘、陪伴兒童成長的文學家前輩和翹楚致敬……

羅淑君
香港小童群益會前總幹事

代序

讓濃濃的愛傳承下去

何紫離開我們二十多年了，我們作為家人，經過時間的洗禮，已經從悲傷中走出來，現在除了對他充滿懷念之外，對他的作品能在其離世多年後，仍得到廣泛的欣賞和認同而感到安慰，我們重讀他的作品，彷彿感覺到他的生命力還在。

何紫的一生匆匆五十三載，畢生致力從事兒童文學創作和推廣的工作，他創作或編輯的作品超過一百本，今次揀選了他創作的兒童小說、生活故事和童話收錄在本書內，希望讀者能認識到何紫不同體裁的創作。

何紫寫的兒童小說向來都被認為是他作品中最具代表性的佳作，令不同年代的人都讀得津津樂道。小說反映上世紀六、七十年代香港社會的風貌和人際關係，到今天仍能感動現代的兒童，是因為他的作品滿載情和愛，道盡兒童與父母、老師、同學、朋友之間的情誼，以及他們在成長路上的歡樂與憂愁，讓兒童讀後感到有共鳴，於感情上得到宣洩。本書收錄的故事《海邊多快樂》、《快樂的假期》和《我開墾的菜園》記載了愉快的家庭活動和可愛的親情；《寒假的一天》、《別了，語文課》和《聖誕咭上的蓮花》，道出校園生活、師生之情；《豬骨粥》描寫了朋輩的情義。何紫筆下的

那份暖暖人情，是故事歷久不衰的緣由。

　　兒童小說之外，何紫創作的童話故事亦是值得推介的。何紫十分重視童話這個兒童文學體裁，他在《何紫談兒童文學》一書中曾談到童話，他認為童話是一種心靈妙藥，童話應該為兒童服務，寫作童話要從情操冶煉入手，要熱情，要滿足少年兒童的好奇心。何紫的童話故事，充滿奇趣和想像，令小朋友讀得快樂之餘，在天馬行空的故事中悟出道理來。

　　今次《香港兒童文學名家精選》中何紫的《尖沙咀海旁的聚會》的出版，我倆要多謝新雅的編輯經理甄艷慈協助選故事，希望現今的小讀者在廣泛的興趣和娛樂中，仍喜歡讀本地具水準的兒童文學作品。相信經得起時間考驗的作品，才是實至名歸的傳世經典，這便要留給一代又一代的兒童去引證。

何嚴穎雯
何紫薇
2012 年 5 月 11 日

作家訪談

永遠的 *何紫*

永遠的何紫

何紫先生離開我們已經二十一年了，他給後人留下了一大批優秀的兒童文學作品。這些作品感動了一代又一代的讀者，也激勵了一代又一代的讀者。為了讓今天的小讀者對何紫先生有更多一些的認識，我特地走訪了何紫先生的太太何嚴穎雯女士和女兒何紫薇小姐，請她們講述何紫先生的創作歷程和他對寫作的熱誠。

從為兒童創作故事起開始創作

坐在何太家中的客廳裏，何太向我憶述何紫先生怎樣走上文學創作的道路：「可以說，何紫是從三個方面開始走上文學創作道路的。第一，他是從喜歡閱讀開始。何紫是獨生子，三歲時他爸爸去世，他媽媽忙於家計。當時太平洋戰爭爆發，何紫家裏附近有一間學校被炸毀，他媽媽從瓦礫中拾了一些學校圖書館的書回來。於是，寂寞的童年，何紫開始與書為伴。

「第二，是從喜歡寫作開始。何紫十分喜愛閱讀，之後他便開始自己嘗試創作，寫了就投到報館副刊去。學生時代，他最大的滿足就是為學校演出寫劇本，寫朗誦詩，寫相聲，寫短評等。這帶給他極大的滿足感。

「第三，是從創作故事開始。由於家裏貧窮，何紫很遲才入學讀書。讀中學時，他是超齡學生，並寄宿在學校。這期間有一段很

長的時間，他遵從學校舍監的吩咐，為星期日留宿的小學生講故事，於是每個星期六下午，他就躲進圖書館為明天的故事找材料。最初是找現成的故事，後來就加上自己的東西，即所謂『爆肚』。久而久之，就變成百分之百地創作了。」

「何紫」筆名的由來

何紫先生原名何松柏，但他卻取了一個帶有女性色彩的筆名，這引起很多讀者的好奇。

何太解釋説：「『紫』是由『此』和『絲』組成，何紫的故鄉是廣東順德水藤鄉，順德是全國有名的蠶絲之鄉，他學生時代每逢假日便回鄉度假，對桑蠶感情濃鬱。『此絲』，就是他想起蠶絲和故鄉，因此他從 25 歲為兒童創作時開始，就一直用這個筆名。」

童心未泯的何紫。

何紫先生留給後人的作品，當中以兒童小説的影響最大。這些反映兒童成長歷程的作品，生活氣息十分濃厚，而且人物形象生

動，至今仍廣受歡迎。這應歸功於他對兒童有透徹的了解。

何太對此深表認同，她説：「是啊！他喜歡孩子，經常應邀到學校為學生做講座，無論多麼偏遠，他都會到達。他常常細心地觀察孩子，自己的孩子，更是他觀察的對象。另一方面，他曾擔任過《兒童報》的編輯，負責每期的編寫工作，由此加深了他對兒童文學的認識。在那兒，他還認識了一批小朋友，所以他對兒童心理和生活環境都有深入的認識，他是以一顆童心去看世界。」

「別吵，靈感到了，不能停下來。」

我請問何紫先生創作時有沒有特別的趣事和習慣，何太笑説：「有啊，還不少呢。他一寫起故事來就是忘我的。有時候，我凌晨二、三時醒來，見到他還在寫作，便叫他睡覺。他説：『別吵，靈感到了，不能停下來。』有時候，他會買回來一大包朱古力、花生等等，一邊吃，一邊寫。

「他既要忙公司裏的工作，又要到處給學生做講座，還兼顧很多香港和各地兒童文學交流的工作，因此，他經常是很疲倦的。有時候他一邊看電視，一邊打瞌睡。有一次乘坐電梯，竟然也睡着了。但一寫起文章來，他立即就很有精神。」

創辦山邊社，出版兒童及青少年圖書

何紫先生於 1981 年創辦山邊社，主要面向校園，為幼兒到大

專學生出版普及性的課外讀物。憶述那段難苦而又難忘的歲月，何太的聲音也不禁有點低沉起來。

何紫在他的專題講座前留影。

「當時何紫除了出版自己的著作外，又得到阿濃和小思等好朋友的信任與幫助，把他們的優秀作品交給山邊社出版，出版社就迅速鞏固了根基。但最初經營時，出版的資金有限，人手短缺。何紫是書生從商，只抱着理想，憑着自己作為社長，一人點頭，就全力以赴，沒有集思廣益，因此常常出錯主意，造成部分圖書滯銷，使貨倉壓力沉重。

「後來，他總結教訓，利用自己多年撰寫兒童文學作品的經驗，自己努力創作，並編寫適合少年兒童閱讀的圖書，出版了不少暢銷書，這樣才使出版社從小規模進入中等規模，漸見成績。正當公司的前景一片光明的時候，何紫突然發現自己患上了癌病……」

勇敢面對病魔，離世前一年創作了十多本著作

1990 年底，何紫先生患上肝癌，但他仍帶着希望和毅力與病

魔作戰，並忍着病痛持續地寫作。

何太説：「當醫生告訴我們，何紫患的是肝癌，而且只有三個月的時間時，我忍不住哭泣。何紫勸慰我説：『不要哭，我們要堅強面對。我不怕死，只是不想死，我還有很多工作未完成，很多計劃未實現，有很多親情、友情捨不得。在餘下的日子，我要好好地計劃生活的每一天。我要與病魔作戰，我在打仗，你在後方要支持我。』」

何太憶述，在北京 301 醫院治病的日子，何紫先生每天都在露台的小桌子上寫作，醫生和護士都説：這哪裏像是一個病人啊！他們對他的意志和毅力都十分佩服。

1989 年 1 月，何紫在兒童文學研討會上發言。

憑着不屈的意志和毅力，何紫先生在他最後一年的時間，在病牀上寫下了十多本著作，包括：《我這樣面對癌病》、《少年的我》、《成長路上的足印》、《給中學生的信》、《給女兒的信》、《做個好爸爸》、《何紫情懷》、《C班仔手記》、《親親地球》等等，當中《少年的我》還獲得了第二屆香港中文文學雙年獎。他臨終前的著作《我這樣面對癌病》令無數人為之感動——當醫生告訴他可能只有三個月的壽命時，他沒有自怨自艾，反而冷靜、豁達地把自己抗病的經歷寫下來，作為給別人生命路途上的勉勵，還在書中多處興歎：「何紫何幸！」他沒有埋怨疾病帶給他的痛苦，卻為親情、友情喝采，為大自然一草一木感恩。

「我童年回憶中的爸爸都是很忙很勤力的。」

為了讓讀者對何紫先生的認識更多一些，我請問何紫薇小姐：「作為女兒，你對何紫先生的感覺如何？他對你有何影響？」

何小姐臉上充滿着對何紫先生的敬仰之情：「我童年回憶中的爸爸都是很忙很勤力的，由早到晚忙編輯、寫作、打理出版社及店舖業務、擔任義務工作、獲邀演講、文友聚會、應酬等等，他對工作全情投入。由於忙碌，因此他很少有時間教導子女。但他很重視家庭生活，假日裏一家人常有親子活動，例如去看電影、沙灘暢泳、外出吃飯等。有時他參加文藝活動、文友聚會，甚至應酬公幹，如果合適的，他都爭取機會帶我們全家出席。

「爸爸很少説教，印象最深的教導是我在中六時參加演講比

賽，得到他的指導後獲得冠軍。還有，爸爸臨終前的一年，當時我在外國讀書，爸爸給我寫信提點和教導。爸爸是透過身教及他的生命故事，潛移默化地影響着我。他對工作完全投入，他熱愛寫作，甚至患重病仍不放棄寫作，對我影響深刻。我兒時看見爸爸工作勤力認真的態度，長大後對自己的工作都有要求，覺得工作不是單為糊口，而是要透過工作去服務別人，並且要全力以赴。」

何紫先生透過身教影響了女兒，他對兒童的熱愛也將長存於香港讀者的心中。

童話篇

尖沙咀海旁的聚會

　　春天，習習的和風從海面吹來，涼快極了。尖沙咀海旁，有一個高大的朋友，伸一伸慵懶的腰肢，他是誰？他就是鐘樓伯伯。你聽聽他説：「香港的夜景越來越美。但是，有誰知她的滄海變桑田的經歷？」

　　在一旁的香港文化中心，用清脆的聲音回答説：「我知道！我知道！」

　　「你出現在這兒，日子還淺呢，你怎會知道？」鐘樓伯伯撥撥他下巴的白鬍子説。

　　「鐘樓伯伯，我的名字叫文化中心，藝術家們在我這兒，用他們的精湛表演，講香港的歷史故事；我還有一家藝術圖書館，有豐富的資料供人借閲。雖然，我不像你，一直站在海旁，看着香港的變化，但我憑文化資訊，也知道不少香港滄海變桑田的故事啊！」

　　這時候，傳來哈哈大笑聲，他倆回頭看看，原來是太空館呢，他圓圓胖胖的臉，似乎生來就是樂天派。

　　「有什麼好笑呀？」鐘樓伯伯説。

「對不起，打擾你們的談興。我其實是向天大笑，因為，我看見天上一陣流星雨，灑向太空，香港春天的夜空，難得看到奇景，今回我看到了，便快樂地大笑起來啦！」太空館說。

「哦，這是太空的事情，我不懂！」香港文化中心笑說。

這時候，傳來陣陣歌聲，是誰唱歌呢？鐘樓伯伯說：「是海鳥唱春之頌歌，平日白天裏我們看見海鷗在海面上逐浪飛翔，有時盤旋一下，就飛撲到水面上，啄食魚蝦。晚上，海鷗躲到靜靜的岩石後，去尋好夢去了。但每逢春天天氣回暖，有的海鳥愛月夜眠遲，會成羣飛到近岸處，呱呱呱的唱歌。這時候除了夜眠的水手，誰是牠們的知音人？今次，我們有幸了，聽到牠們難得一唱的春之頌歌」。

文化中心首先鼓起掌，他說：「這是天籟！我的音樂大廳，有許多動人的樂章，什麼時候邀請這些出色的歌手，到我們的音樂廳裏表演一場呢？」

太空館卻哈哈大笑，笑得原本脹鼓鼓的臉龐更圓又更脹了。文化中心滿不高興，說：「你的笑聲，使我懷疑你不懷好意。」

太空館掩住笑聲說：「天籟要安琪兒來欣賞，卻不是

坐在你的音樂廳的人配欣賞呀！只怕海鳥表演一場後，給館裏又增加一味紅燒或豉油王海鷗！」

鐘樓伯伯也忍不住笑了。但文化中心搖搖頭，説：「你們太不了解人類了。」

這時文化中心的戲劇表演和音樂會剛散場，人們從出口處湧到尖沙咀海旁，於是那些建築羣又都肅穆地立着，沒有再説什麼了。

赤鱲角上的小動物

有一個荒島，叫做赤鱲角，這地方寧靜、美麗，島上樹木扶疏，住了不少猴子、小肥豬、小兔子、飛鳥和小松鼠，過着愉快的生活。

忽然，有一天，荒島上來了一位小公主，她帶着一個小朋友，叫做張小強，來到島上，就坐在一棵濃蔭密布的大樹下。小猴子就在樹上看下去，聽見小公主在歎氣：

「父王說，要在這個荒島上建一個很大的飛機場，這樣，樹木要全部剷平了，草地上就蓋上混凝土，還要建一條大橋，跨過大海，伸延到半島上，讓城市的繁囂帶到這寧靜的小島上，唉，小強，我正擔心呢！」

小強說：「小公主，你不用擔心。也許，工程師會把這小島建成人間樂園，他們總會注意到保護環境吧！」

小猴子在樹上聽見，嚇得渾身打顫。他立即在島上的大樹之間蹦來跳去，叫嚷着把消息傳給每個動物朋友：「不好了，不好了，島上的樹木要剷光了，我們今後只有死路一條！」

　　島上的動物都慌做一團。後來，他們決定派鸚鵡去向小公主求情，因為，只有牠懂得說人的話啊！

　　鸚鵡戰戰兢兢，來到小公主面前。小公主伸出雙手，溫柔地說：「啊！親愛的小動物，我知道你們的恐慌了，這次我和小強來，正要為你們想辦法呢。不過，你們不用怕，我哥哥是保護野生動物協會的會長，他早就跟父王劇烈地爭吵了，不能為了人的富足和快樂，就害了我們地球上的好鄰居啊！」她這麼一說，小猴子、小兔子、小肥豬、小松鼠都跑到小公主和小強的身旁，有的還垂下頭，淌出淚水來。

　　赤臘角要建設成新的飛機場，已經成為事實了。巨大的工程車、吊鈎、起重機、攪石機和一噸一噸的鋼鐵、英泥等等，由十艘大船運來了，一時島上隆隆巨響，一切寧靜都沒有了。

　　最後下船的，是小公主和小強哩。小公主命令所有人、所有機器都停止發出聲音，然後小公主用親切的聲音向島上的樹林喚叫：「小動物們，相信我吧！這十艘大船運來了機器和材料，但同時也來接載你們，到另一塊安全又美麗的荒島上，重新過着自由自在的生活。就像《聖經故事》裏的挪亞方舟，這是十艘挪亞方舟啊！小動物們，上船去

吧！」

小動物只好相信小公主的話，流着眼淚，離開他們世世代代生活的家園，排好了隊，踏上跳板，登上船去了。

小公主送走最後一隻小肥豬，就對船上的動物説：「你們會平安到埗的！船上的職員都是熱愛動物的人，放心吧，並且告訴你們一個好消息：當機場建成那一天，你們每一位都會被邀請來參加開幕盛典呢！」

為什麼叫做「鴨脷洲」

香港有個香港仔，香港仔有個鴨脷洲，這地方隔着海，是個美麗的小島哩。鴨脷洲有沒有大羣、大羣的「鴨子」呢？「鴨脷」就是鴨子的舌頭，沒有鴨子，就沒有鴨脷啦。但不少人說：「沒有，沒有看見過鴨脷洲上有大羣的鴨子。」

很久很久以前，整個鴨脷洲小島上，生活着的是一大羣小鴨子，這事情大概很少人知道。

這一大羣小鴨子，擁護一隻鴨皇后，這皇后其實是小鴨子的媽媽。鴨皇后生了很多很多鴨蛋，後來，她又不停地把蛋孵成小鴨子。聽說，鴨皇帝後來獨自離開了，離開這兒的原因，是鴨皇帝忍受不了天天聽着「鴨、鴨、鴨……」的嘈吵聲。

但是，皇后說：「自己的孩子不管怎樣嘈吵，都是美妙的聲音，小鴨子不停呼喊自己的名字：『鴨、鴨、鴨……』有什麼比這些聲音更動人呢！」

每天早上，鴨皇后擺着腰肢，一步一步來到山坡上，

然後指揮小鴨子説：「叫吧，唱吧，我們的名字叫做鴨，孩子們，盡情呼喊那了不起的名字吧！」

於是，小鴨子就齊聲嗚叫：「鴨——鴨——鴨、鴨、鴨、鴨……」叫得快慢有致，好像大合唱哩。

日子過得真快活。小島上的小鴨子漸漸長大了，鴨皇后也漸漸老了。在一個秋天的晚上，皇后病死在窩裏。

冬天開始，這小島來了一隻大公雞，他説他是世襲的貴族，來這裏正要當皇帝。

「鴨子們，我是你們尊貴的皇帝，大家歡呼吧！」大公雞站在坡上高聲説。下邊的鴨子羣就「鴨、鴨、鴨」的叫一通。

大公雞生氣了，他用嚴厲的聲音説：「不！大家一起跟我叫：雞——雞——雞……」

但是，鴨子還是叫「鴨——鴨——鴨……」

大公雞暴跳如雷，吆喝道：「你們快快改叫雞——雞——雞——哼，限你們三天學會，要不然……」大公雞沒有説下去，這時一個戴高高的廚師帽的人在山坡那邊鬼鬼祟祟地走過。

三天過了，大公雞又站在山坡上，高聲地説：「鴨子們，我大公雞是你們的皇帝，大家歡呼吧！」

「鴨——鴨——鴨——鴨、鴨、鴨」，鴨子想起鴨皇后的話，他們有了不起的名字，這名字叫做「鴨」，他們就齊聲叫了，不管大公雞要令他們怎麼樣。

就這樣，大公雞串通了大廚師，把一隻一隻鴨子抓起來，用剪刀把鴨子的舌頭剪下來，鴨子痛着大叫，仍然是「鴨、鴨、鴨」的悲鳴哩。

為了紀念這悲壯的事件，從此，這小島就叫做「鴨脷洲」。

地下鐵路與海龍王

自從有了地下鐵路之後，海龍王就比以前忙多了。他每天也到海底看看那跨海隧道，他還特別請電鰻博士，為他製造了一對透視隱形眼鏡，可以穿透跨海地下隧道，看見列車在裏邊飛馳。

「呀！真威風，我們龍種來到這個世紀，已經非同凡響。這條地下列車，完全是我們龍的後裔，這是不應該有任何懷疑的。但奇怪還有些傢伙，老是在我面前喋喋不休，說這列車與龍完全沾不到邊。我要和海裏的魚蝦蟹們來研究，一定要得出一個明明白白的結論！」

他們研究所得，龍的身體長長的，地下列車也是長長的；地下列車精力旺盛，龍也是精力旺盛，這已經幾乎可以證明是龍的後裔。

當然，那畢竟是後裔，已經有了變化，如果地下列車也有一個龍頭，那麼，就誰也不會懷疑了。

有一天，地下鐵路突然發生故障，地下列車來到海底隧道的半途，就停下來了。那怎麼辦呢？海龍王和魚蝦蟹

看見都焦急啦！海龍王說：「怎麼辦？出了什麼毛病？我看，就是少了個龍頭，有了個龍頭，地下列車是會永遠暢通無阻的！」

這時候，列車裏的人都從車裏走出來，靠着臨時的照明燈，慢慢從隧道走過去啦！有一個小孩子，他有一對順風耳，聽到一把聲音：「就是少了個龍頭，有了個龍頭，地下列車是會永遠暢通無阻的！」

後來，這孩子就寫了封信給地下列車的總工程師。信是這樣寫的：

親愛的總工程師：

地下鐵路是一項偉大的工程，列車沿着鐵路在陸地與水底裏日夜奔跑！為了表示地下列車像東方的巨龍，精力充沛，意志堅強，我建議，在地下列車的車頭上，嵌一個雕刻精緻的龍頭像，讓這巨龍帶領我們平安地來往港九兩地！

一個小乘客上

地下鐵路總工程師，後來接納了這個建議，請一位中國最有名的雕刻家，刻製了一個活靈活現的龍頭，嵌在地下列車頭上。海龍王和魚蝦蟹們高興極了！現在，海裏再沒有誰不相信，地下列車是龍的後裔了。

大人國來的貴賓

　　大人國的漁夫阿瑟，站在花園道口，輕輕地歎一口氣，說：「我看見海那邊有不少島嶼，島上住着很少小人兒，為什麼你們喜歡密密麻麻地住在這裏？現在，我兩條腿不敢動一下，不然我可能碰塌你們的房子了。我在躊躇，下一步可以踩到哪裏呢？」

　　站在阿瑟掌上的小青年嚮導，一直提醒阿瑟，千萬要小心腳步。這時金鐘道一帶交通大混亂，因為阿瑟的一隻腳平放在遮打花園的草地上，另一隻腳只能讓腳趾踮在金鐘道上，這樣一來，就像金鐘道突然崛起了「五趾山」，電車、汽車都停下來，大排長龍，人們都走出來仰頭看看，有中國銀行大廈那麼高的一個巨人，驚歎不已。有不少孩子跑到阿瑟的腳趾旁，爬上他平滑如水泥斜坡的腳甲上，當大滑梯來玩呢！不久來了大隊警察，他們禁止人們接近巨人的腳，一輛裝有擴音器的警車在廣播：「請大家保持安靜，這位巨人是大人國來的貴賓，性情善良，不會給我們造成災禍。但請市民合作，不要做任何騷擾他的事，不

要接近他身體的任何部分，以免引起他的反應。要知道他不經意的輕微反應，都可能造成對我們的破壞。警方再次呼籲，請市民合作！請市民安靜！」那廣播聲帶用中、英文不停重複着，並且伴隨抒情的音樂，盡量造成平和的氣氛。

接着，阿瑟指着東邊一塊草地，想到那兒休息。小青年一看，原來阿瑟指的是跑馬地賽馬會內的大草場。他立即透過無線電話，通知警察。警察派出大隊人到賽馬場內清場，要求場內的一切活動停止，並用最快的速度離開草地。這樣

過了半小時，小青年得到回覆的電話，便告訴阿瑟，阿瑟才輕輕轉身，又舉步跨到跑馬地去。

阿瑟來到這裏，覺得還可以容身，就慢慢蹲下來，坐在草地上。這時候，新界有十輛貨車運載燒豬趕程到跑馬地去，為阿瑟準備晚餐。

突然傳來一個壞消息：有一股熱帶旋風，快要正面吹襲香港。小青年對阿瑟説：「尊敬的大人國貴賓，今晚可能要你受委屈了，因為颱風吹襲香港，估計三小時後就要改掛十號風球。我們沒有可以容納你的屋宇讓你在室內避風啊！而且，為了安全，等你吃完晚餐，我們全部撤退回家，只留下你一個在這裏。」

「呼——呼——呼」，急激的狂風吹襲來了，阿瑟獨自坐在草地上，他覺得是開了大風扇，好涼快呀！雨狂打下來，他覺得是開了大花灑，在為他洗澡。

阿瑟向前看看，維多利亞海峽翻起的巨浪，他覺得是水池裏濺起水花。但是，他聽見有叫救命的聲音，原來海上有些漁民來不及到避風塘，只把船泊在岸邊，想不到風浪不饒人，船快要被打翻了。阿瑟連忙站起來，跨步向前，就踩到海峽的當中，另一條腿跟隨着，阿瑟就站在海裏了，但海水只浸到他的胸前，他在水中走近快被打翻的漁船邊，

然後舉起雙手，在水面圍成一個臨時避風塘。漁船脫險了，船上的人齊聲大叫：「謝謝尊敬的巨人救命之恩！」

　　幸好颱風吹襲了一個晚上，就改變風向了。第二天水警在汲水門外發現了阿瑟的船，就由幾千個工人為他修理好那木船，並且全港市民停止喝牛奶和吃麵包兩天，把牛奶、麵包送給阿瑟做途中的糧食。阿瑟用上香港政府送給他的電腦來導航，這樣，船向着大人國歸航了。

小飛象訪問香港

　　長耳朵小飛象為什麼會飛？這是因為他的耳朵特別大，而且柔軟又有勁，他只要輕輕搧動耳朵，就能徐徐飛起，在空中像蝴蝶般飛舞。他的大耳朵還像個雷達網，能接收到四面八方傳來遠遠的信息呢。

　　「THIS IS OUR HOME, THIS IS OUR PLACE, THIS IS OUR DREAM, WE LOVE HONG KONG」這是哪兒傳來的歌聲？唱

得多麼美妙呀！這樣，小飛象就跟蹤那歌聲，飛過高山，越過海洋，飛呀飛呀，來到這……「這是太平山，這是山頂的香爐？山下有像大鏡子的一幢幢的房屋，還有的像太空基地，有的像圓圓的塔，這是個什麼地方？啊，地圖告訴我，這是香港。歷史告訴我，百年前這是個荒島。『滄海桑田』。語文老師教我用這個詞，表示一個地方有巨大的變化，滄海變成了桑田，用『滄海桑田』來形容這地方，不是最恰當麼？」小飛象說。

「喂！小飛象，你好嗎？我在卡通片上見過你呢！你什麼時候飛來探望我們啊？」下邊傳來親切的聲音，小飛象搧着大耳朵，輕輕降落在一塊青草地上，他看見一隻恐龍，竟拿着大掃帚，他差點兒笑出來了，恐龍友善地上前和小飛象握手，他說：「讓我來自我介紹吧，我是『清潔龍』，如果你半年前在這裏，還沒有看見我呢。那時候，這裏有一隻大大的垃圾蟲，他把香港弄得滿地垃圾，香港差點兒變成臭港，現在垃圾蟲被趕到焚化爐去，人道毀滅了。這樣，香港市民又來塑造，還加添上美麗香港的法力，我就這樣產生啦！我成了清潔香港的象徵，我的名字響噹噹呀！『清──潔──龍』，你說這名字好聽嗎？」說着說着，他送了一件 T 恤給小飛象，小飛象急忙穿上，呀，

美麗的 T 恤，上面寫着：「我愛香港。」小飛象快樂地搧起耳朵，在空中飛舞，呼吸着自由的空氣，享受着吹拂來的暖洋洋的海風，他也跟着清潔龍和小朋友們唱起歌來。

> 「香港香港，美麗地方，一個困難，大家來幫，
> 人人勤奮，個個健康，地面清潔，空氣清爽，
> 壞的東西，一一掃光，處處花園，一片芬芳。
> 美好前程，我們開創，齊心合力，建設香港。」

後來，小飛象還加了幾句呢，他唱：「美好地方，一看百看，滿心歡喜，永誌不忘，再見香港，祝福千趟。」

嫦娥仙子下凡來

中秋節前夕，嫦娥決定到香港去玩玩。在出發前，她細心研究降落的地方。離開了廣寒宮，不到半小時，她已經到達香港上空的一塊浮雲上，她輕輕一個翻滾，來到一家電影製片場裏。

「喂，今日開拍古裝歌舞片嗎？」一個電影場記看見嫦娥，搖搖頭說。嫦娥心裏暗喜，人們沒有奇怪她的服飾，她可以隨便在製片場裏走。但她看見人人都忙忙碌碌，誰也不理她，她又覺得納悶。走了一會兒，啊，嫦娥看見一個女孩子，無精打采地坐在一張椅子上，低垂下頭看地上一堆小螞蟻。嫦娥也蹲下來，陪她一起看，那女孩子有點高興了，她說：「你是哪一組的，不用跟導演團團轉嗎？」嫦娥微笑反問她：「你呢？你為什麼獨自一個人看螞蟻？」那小孩子說：「我拍完戲了，在等廠車回家呢。我扮演一個兒童院內偷走的童犯，戲裏要給惡人打，真難受。你呢？你扮神仙嗎？」嫦娥笑說：「我不是扮神仙，我就是神仙。」說着，她指指天上又大又圓的月亮，說：「小朋友，我是

從那月亮下來的嫦娥。」那女孩子瞪大眼睛看她一會，説：「我相信，我相信！我看清楚你的模樣，完全不像水銀燈下化妝的演員，演員上上下下都是假的，但我看你的衣服、面容、髮型，呀！還有那金釵，這些一點也不假，好名貴呀！嫦娥姊姊，我太幸運了，真的遇見神仙啦！」

嫦娥高興地握着女孩子的手，説：「地球可真進步了，小小年紀的你，那麼懂事。幸運的是我呢，遇到一個冰雪聰明的女孩子。你能帶我到處遊玩一下嗎？我只能留一個晚上，子夜之前，我要回到月亮去了。」

女孩子轉動一下眼珠在想辦法。不久，廠車來了，車上還有兩個女演員。女孩子挽着嫦娥的手一起登車。在車上，一個女孩子問：「為什麼不落妝就走啦？」女孩子在嫦娥耳邊説：「嫦娥仙子，你希望我講假話還是講真話呢？」嫦娥抿嘴微笑，沒有答話。女孩子用手指點點額頭，然後隆重地説：「司機叔叔同車上兩位阿姨，我告訴你們，我和你們都走運了！一個真正的嫦娥仙子出現你們的面前，她會陪我們兩個小時，十二點前你會看見她消失了。我們應該怎樣珍惜這兩小時，帶她看看美麗的香港呢？」

車上的人都呆了。仙子的氣質、容顏、外貌，都有非凡的表現，大家細看一下都絕不懷疑。司機駕着汽車，環

繞香港海島一轉，在沒有什麼人的地方，也下車來看看，嫦娥完全像個遊客呢。到了快十二點，嫦娥仙子向他們鞠躬道謝，就輕輕地向天空騰飛，飄飄然飛遠，慢慢消失。

漢堡包找故鄉

漢堡包寫了一封信到德國他的「故鄉」漢堡，想查一下他的族譜，又想知道故鄉還有什麼親人。半個月後，一家食品公司寄來了回信。

親愛的漢堡包弟弟：

歡迎你什麼時候到歐洲名城——漢堡來，但是，這地方你只能做一個遊客，可並不是你的故鄉。你不信，到我們的市政廳廣場看看吧，每年這兒有熱鬧的市政廳節，人山人海，各種小食攤子滿布，但你一看也許會失望，因為你找不到你的兄弟——漢堡包，你也許會悶悶不樂，卻看見臨河一排排的彩色靠椅，人們在入迷地看街頭表演，不禁哈哈大笑呢！小弟弟，不要失望，你能掛上漢堡這名字，值得驕傲啊！

你當然也會碰到你的弟兄的，大馬路上有幾家美國人開的快餐店，什麼「麥當奴」、「金堡嘉」……這些美國人的文化，就靠它們在歐洲各地散播。在那快餐店裏，你

會找到漢堡包——不，我們這兒不叫你們做漢堡包，因為那實在不是這兒的特產，我們稱你們做碎牛肉餅麵包，這是你們的真正的內容呀！

好了，不多說了。你試寫信到別的地方去，繼續找尋你的故鄉吧！祝您

滋味永存

漢堡食品世界公共關係組

漢堡包讀了信，就傳給幾位兄弟看。芝士漢堡包看了淌出酸淚來，番茄漢堡包看了心中悶悶不樂……

來光顧的客人很快就發覺不對勁，他們都議論紛紛：「喂，最近的漢堡包不似以前的滋味好了！」

在眾多的顧客中，一個寫童話的作家最先感覺到，那是因為漢堡包們不高興。那天，童話作家拿起漢堡包，放在耳朵旁，說：「朋友，你有什麼不開心的事，輕輕告訴我吧！」

漢堡包又驚又喜，他鼓起勇氣說：「沒什麼，我們想知道故鄉在哪裏，我們的家人怎麼樣了？」

童話作家聽了，第二天他集合了一羣小讀者，說：「小朋友，快去幫助漢堡包吧，去聽聽他們的心聲，去助他們

49

解開心中的結啊！」

第二天，新的漢堡包從麵包爐裏走出來，抬頭看見快餐店內有一幅美麗的圖畫，呀！就是他們，一個大大的漢堡包放在青草地上，小孩子有的跑來，有的爬梯子，有的靠降落傘落在漢堡包上，圖畫上面一行大字寫着：「小朋友，請來研究我，請來了解我，請告訴我關於漢堡包家鄉的故事！」

漢堡包高興極了。他們心情舒暢，又恢復美味啦！

後來，在童話作家和小朋友的幫助下，出版了一本很多圖畫，又有精彩內容的書，書名叫《漢堡包大全》。不但找到他們的真正故鄉——美國紐約，還有不少關於他們的故事呢！

彩虹發牢騷

彩虹在天上常常接受別人的讚歎，她是不甘心的。

「你不甘心什麼呀？」太陽問她，「紛飛的水點，靠着我的照射，然後反映成紅、橙、黃、綠、青、藍、紫七種顏色，你是虛無的，但又是實在的，你已經贏得一生讚美，你為什麼還覺得不甘心呢？」

「啊，太陽先生，聽你的口氣，我應該天天向你表示感恩，謝謝你給我一點光芒，使我得到如許讚賞。是嗎？」別看彩虹純純的裝扮，她內心是翻騰的。她心裏不高興，七色彩虹就消散了。太陽倒有點懊惱。因為孩子剛才還在唱：「彩虹像橋又像弓，七色彎彎掛天空，太陽伯伯一微笑，化作紫藍青黃紅。」這首歌，明明說「太陽伯伯的微笑」，現在彩虹賭氣不玩啦，太陽也笑不起來了。

第二天，太陽說：「我們講和吧，你受我玩，我受你玩，我出光芒，你出水點，讓我們再做一場七彩的遊戲吧。」

彩虹說：「我是不甘心的。我不甘心只要你一收，我

就幻滅了。我想有一天能夠實實在在，成為七種美麗的顏色，實實在在，是一件存在着的物體。」太陽苦笑一下，說：「你別幻想不能實現的事情吧，親愛的彩虹妹妹。」

但是雲中的仙子聽見了，她悄悄地說：「彩虹彩虹，今天是什麼好日子呀？我可以讓你有一個願望成為事實。小孩子唱：『彩虹像橋又像弓。』但你想彩虹像什麼呢？」

彩虹高興地說：「我要做一件實物，哎，我能夠是一頂魔術帽嗎？有彩虹的七色，卻有魔術的名字！」

一瞬間，彩虹變成一頂大大的魔術帽子，從天上直墜地球，落到河邊的青草地上。

「太好了，我可以變什麼呢？」彩虹帽又驚又喜，她看見一隻尾巴受傷的松鼠，就靈機一觸，說道：「這裏是損傷醫療站，請進我的帽子裏來吧。」

哈哈，真靈呀，松鼠走進帽子裏，出來後就換了一條全新的尾巴。小狗的鼻子給撞壞了，走進帽子去，換了個新鼻子。一條魚給釣魚翁釣着了，魚兒掙扎逃脫時，嘴也給弄崩了，魚兒跳進彩虹帽子裏，不久就換了個新的嘴巴啦！

這時候，彩虹帽聽見有些孩子哭了。他們抬頭看見天上沒有彩虹，傷心地唱：「彩虹彩虹沒有啦，心兒心兒傷

透呀，唱歌唱歌沒意思，齊齊合上小嘴巴。」彩虹帽説：「醫治孩子損傷的心要緊啊！唉，我還是回到天上，做我的彩虹吧！」

　　一陣風吹來，彩虹帽子被吹上天空，又回復原來的彎彎彩虹了。她真高興，因為又聽見孩子快樂地唱：「彩虹像橋又像弓……」

王子的難題

王大嬸是個種花能手，她丈夫是個經驗豐富的老園丁，他把一切都教會了王大嬸，老園丁死了之後，皇后對她說：「你露一手園藝技巧給我看看吧。」

王大嬸為皇后種了十盆牡丹，每盆花的顏色都不同，花又大又美，真是牡丹的極品！王大嬸又種了一畦玫瑰，紅玫瑰之外，還有黃玫瑰、白玫瑰——更有難得一見的黑玫瑰呢！

皇后就決定請她到御花園裏工作，王大嬸高興極了，盡力為皇后獻技，一時滿園芬芳，不同的日子，就有不同的花展現，皇后十分高興，常常給她賞賜。

後來，皇后病死了，由公主管理皇宮。公主命令把花園拆掉，改建一個跳舞場，王大嬸眼看自己耗了全部心血的花圃，還有各種奇花異卉都被幾架「冷血鐵面」的推土機無情地夷為平地了！王大嬸只能在一角偷偷流淚。

公主常常邀請各國的王子和貴族到來，參加她的盛大舞會，御花園的地，變成跳舞場，抬頭是五色繽紛的燈光，

還有耀眼的激光四射。王大嬸被差派到廚房做幫工，一天到晚和油煙打交道，她因此老得很快。

在一次盛大的舞會上，公主愛上了一個遠道來的王子。當她作出暗示的時候，王子説：「公主，你能回答我三個有趣的問題麼？」公主微笑點頭。王子説：「請問公主什麼花開了立即凋謝？什麼花有最多的親戚，又有什麼花漫山遍野？」公主對花真是一無所知，她只好溜一溜烏黑的眼珠，説：「當下次舞會時，你會得到滿意的答案。」

舞會結束後，公主想起了王大嬸，她派人到廚房把王大嬸請來，當她看見王大嬸又瘦又老，面容憔悴，就問她：「你患病麼？」王大嬸説：「以前，我栽的花漫山遍野，我傳授栽花、愛花的經驗給很多很多人，他們都尊我做婆婆，我的親戚最多，但是，日子無情，大半生好像只是一瞬間，我現在像一朵開了立即謝的花！」

公主大驚，因為王子問她的問題，王大嬸的答話，都説清楚了。她慚愧極了，請王大嬸為她的陽台種各種艷麗、清香的花。第二次盛大的舞會時，公主突然宣布：「王子、貴族們，淑女、紳士們，我給你們介紹一位最高貴的人——王大嬸。」

王大嬸羞澀地低下頭，並且對公主傾心的王子説：「你

的問題，容許我代公主答覆吧：曇花即開即凋謝，最多親戚的花是蘭花，漫山遍野的花是野菊。」王子聽了，輕輕吻一下王大嬸，然後轉頭深情地去吻公主。後來，這舞場，又回復為百花繽紛的御花園了。

誰是青蛙王子

池塘裏有兩隻小青蛙。一隻皮色青葱，一隻皮色蒼綠。牠們各自跳到一塊荷葉上曬太陽。

那青葱小青蛙說：「你知道嗎？我在天天盼望公主到來。」

蒼綠小青蛙說：「啊，你是說……你是青蛙王子麼？」

「不信嗎？等着瞧吧，只要公主出現，吻我一下，我的魔法解除，嘿嘿，那時候一個英俊的王子會突然站在你面前，你可不用怕，那就是我，我是被女巫的魔法困擾，變成小青蛙的！」

蒼綠小青蛙聽了，說：「啊！你真可憐，王子殿下，您好，保重啊！」

青葱小青蛙高興極了，飄飄然跳到水裏，一邊游一邊唱：「呱呱呱，公主，公主快來啦，她只要吻我一下，嘻嘻，英俊王子是我呀！」

蒼綠小青蛙十分羨慕，牠說：「祝福您，希望公主會很快出現。」

夏天快將過去了，青葱王子還是得意又驕傲地呱呱叫。
蒼綠小青蛙反而為他着急，牠常常跳到大路上，看看有沒
有華麗的馬車經過，牠多麼希望牠的朋友能早日回復為王
子啊！

有一天，蒼綠小青蛙看見一位美麗、高貴的女子，在
池塘邊摘野花，牠急忙跳着大叫：「青葱小青蛙，快來呀，
你盼望的公主是她麼？」青葱小青蛙從水裏冒出頭來，啊，
這美麗的女子使牠看傻了眼啦！

這時候，這女子
看見蒼綠小青蛙在池
塘邊蹦蹦跳跳，十分
有趣，她竟彎着腰，
伸出一雙雪白的手
掌，邀請小青蛙跳到
手掌上。小青蛙大着
膽子跳上去，公主把
牠捧起來，美妙的笑
聲夾着銀鈴般的嗓子
說：「啊！一隻多麼
可愛的小動物！」並

低下了頭想吻牠。

蒼綠小青蛙可急啦，牠嘓嘓地大叫：「公主公主，你要吻的是我的朋友，是在池塘荷葉上的青葱小青蛙，牠才是你的王子呀！」那女子沒有聽明白牠的話，只覺得牠的神態太可愛了。

青葱小青蛙在荷葉上跳着罵：「喂，不知害臊的癩蛤蟆！你好大膽子竟然跳到公主手上，快下來呀，不然，我變成王子後，你有好受的！」

那女子突然低頭，輕輕一吻——呀，正吻向蒼綠小青蛙的額上，牠嚇得掩着眼，大叫：「不！不！你吻錯了！」

突然冒出一陣青煙，蒼綠小青蛙不見了，一個英俊、瀟灑又謙虛的王子站在那女子一旁，她驚訝地輕叫：「我不是做夢吧，親愛的弟弟，我找得你很苦啊！」

原來她是東方公主，一直在尋找突然失蹤的弟弟。蒼綠小青蛙自己也不知自己的身分哩，剩下愛吹牛的青葱小青蛙，在荷葉上看傻了眼！

聖誕老人改裝扮

　　聖誕老人決定改變服式，改穿紅色的運動裝。那天，他在街上出現，大家都覺得很有趣。一個小朋友問他：「聖誕老人伯伯，你為什麼要穿運動裝呢？」

　　聖誕老人說：「我穿了幾十年聖誕袍，本來也沒有什麼，但昨天忽然覺得袍子越穿越重，我試脫光衣服去秤一下，又再穿上袍子去秤一下，哈哈，相差竟有十公斤，你看，我為什麼要給自己加重量呢！為了輕裝，我決定不穿袍子，改穿運動裝了。」

　　聖誕老人一邊說，一邊拿出他的聖誕袍。孩子們撿起來，果然是沉甸甸的，說：「好吧，我們把這聖誕袍割成幾十塊，然後拿去義賣，有些人可能很喜歡，收得的錢，我們可以用來做一件有意義的事呢！」

　　聖誕老人說：「那好極了！」就把聖誕袍割成了五十塊，一下子，很多人來買，都說：「難得呀！聖誕老人的袍子，是最好的送給孩子的紀念品！」

　　一下子他們得到了十萬元。聖誕老人就把錢分做兩份，

一份用來買很多玩具，送給窮苦的小朋友，一份用來設立一個運動獎。

聖誕老人説：「身體健康最寶貴！由今天起，每年聖誕節，由我帶頭舉行兒童聖誕跑步，凡參加又能走完全程的，都送一份大禮物，你們説好不好！」

孩子們都歡喜雀躍。

奇怪的是買得聖誕袍一角的孩子，把那一角拿回家，放在桌子上，一下子都變成一件小小聖誕老人袍，可以穿在拇指上，把拇指打扮成聖誕老人呢！

聖誕節那天，滿街都是穿上運動裝的孩子，有的還用手指穿上聖誕袍。聖誕老人吹響哨子，哈哈，他們一起跟着聖誕老人跑，老人唱：

身體健康，好似金剛，

常常鍛煉，努力向前。

我們都是快樂的小燕，我們的意志比金堅。

月亮星星和女巫

　　你們知道嗎？天上有一個女巫，她的工作和地上的清道夫差不多。每天黃昏，她就開始工作，騎着掃帚，從窗子穿出去，一躍就到達天空，在天空中來回地飛來飛去，她一邊飛一邊唱歌：「我是神奇的女巫，我有一把勁，又有一把掃，星星的塵，月亮的灰，每個晚上由我來打掃，來打掃！」

　　星星和月亮習慣了，晚上都有女巫來親她們，女巫悄悄地和星星、月亮耳語：「乾淨的星星人人愛，明亮的月光照滿地。喂，你們的灰塵未免太多了，我每月總不能天

天工作，有時也得休息呀，不然累壞了，就沒有誰肯替你們清潔啦。」

女巫是有定時間休息的，她休息的那幾天，月亮的灰塵開始堆起來了，最初只堆滿半個月亮，所以，我們在地上還可以看見半個月亮，後來灰塵堆得滿滿的，月亮就全看不見了。等到女巫休息完畢，回復工作，把月亮打掃乾淨，月亮才回復又圓又亮的樣子，露出甜甜的笑容。

但奇怪呀，女巫休息的時候，星星可高興呀！她們變得更明亮了，在天空中一閃一閃的，好像頑皮的孩子，眨着單眼做鬼臉。

「這是什麼因由啊！為什麼我不來替你們打掃灰塵，你們反而更顯得明亮呢？」女巫奇怪地問。

星星哈哈大笑，唱起歌來了：「猜一猜，這個謎團讓你猜！為什麼月亮姐姐不亮了，星星反而更亮呢？」

這真是一個難猜的謎。女巫不說什麼，到另一次她休息的時候，她就偷偷地騎着掃帚出來了。呀，果然，天上的星星亮多啦。原來，月亮堆滿灰塵以後，在天上失去了光華，這樣一來，星星就顯得明亮了。星星又在唱歌：「一閃一閃亮晶晶，我們就是大明星，月亮姐姐黑起臉，留下我們顯精靈！」他們一邊說，一邊互相抹拭身上的灰塵呢！

幸福和倒霉的公主

　　幸福公主住在無愁宮裏，她擁有最好的食物，最漂亮的衣裳，最華麗的宮殿，長滿奇花異卉的御花園，她有很多僕人聽她差遣，很多大臣為她出主意……

　　「我還欠缺什麼呢？」幸福公主說，「呀，有了，我欠缺在我身上發生一些倒霉的事！」

　　她身旁的大臣聽了，有的人搖頭，有的人點頭。

　　「倒霉，會使你痛苦的，公主，你這想法可能給你帶來不快樂啊！」搖頭的大臣說。

　　「但是，我欠缺的正是不快樂的感覺！」公主認真地說。

　　「公主，我同意你的說話，就求上天給你三個倒霉的願望吧。只要三個，那就不怕一直倒霉下去了。」點頭的大臣慫慂她說。不久，一位大臣調了一杯三色酒，送到公主面前，說：「你喝了杯子上層的紅酒，就會出現一件倒霉的事；你再喝中層的黃酒，又會出現第二件倒霉的事。你喝掉最後的青酒，就立時出現第三件倒霉的事。你把這

玻璃杯子摔破，倒霉的事就會過去了。」

「啊！好玩呀！」幸福公主快樂地大笑，連忙呷一口紅酒。一會兒，倒霉的事發生了，公主的鼻子漸漸長起來啦！公主倒覺得有趣，興奮地拍掌。但是，鼻子長到宮殿的牆邊了，她開始覺得沉重難受，鼻子還在加長，撞穿了牆壁，伸到御花園外，這一撞，公主痛得淚水都湧出來了。

她連忙呷第二口黃酒，呀！森林裏飛來一隻啄木鳥，停在公主的鼻上，用尖嘴巴拚命啄公主的長鼻子，公主覺得又痛又癢，但她的手不夠長，不能趕走這啄木鳥，又不能搔癢，公主難受極了，接着，小鳥還把雀巢搬到她的鼻尖上！

「公主，你快呷第三口青酒，再把杯子摔碎，一切倒霉的事，就

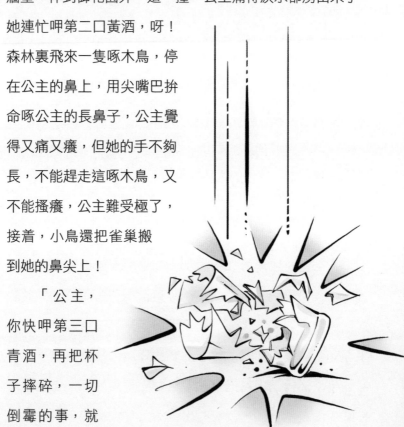

會過去了。」大臣在旁向公主打氣。

公主呷最後一口酒，她還沒有等待發生第三件倒霉的事，就連忙把杯子摔在地上。呀！玻璃碎片迸得四散，有的刺在公主的臉上，有的刺在她的手上，有一塊還刺中了她的右眼，公主痛苦得在地上打滾，地上的碎片更刺滿她一身⋯⋯

當公主痛得死去活來的時候，一切倒霉的事突然消失。幸福公主明白到人生有快樂、有痛苦，她跑出無愁宮去，寧願過普通人的日子。

失事飛機的精靈

大海洋裏，有一條美人魚，她晚上在海裏游，游得累了，就在海底的洞裏睡覺。到了太陽升起，她就從水裏爬到礁石上，她喜歡曬太陽，更喜歡看天上變幻的雲朵，天上有飛鳥翱翔，水面有海鷗低飛，美人魚就和他們打招呼、聊聊天，以排解一天的寂寞。

蒼鷹最喜歡和美人魚說話。「為什麼沒有看見你的親人呢？」蒼鷹問她。

「說來話長啊！」美人魚泛起了哀愁，「很多年以前，爸爸媽媽帶我坐飛機，一起到太平洋上一個美麗的小島度假。但是，飛機飛到海洋上空，突然機器出了毛病，在非常危險的一刻，媽媽說『我祝願我的女兒平安，如果飛機掉到海裏，女兒就變成美人魚，適應大海的生活。』爸爸說：『我祝願我的女兒平安，如果飛機在半空爆炸，女兒就立即變成海鷗，仍然自由自在飛翔。』他們來不及祝福自己，飛機就掉到大海裏，一直沉到海底，可憐飛機上沒有一個生還者，而我竟能應驗媽媽的祝願，變成了美人

魚。」

　　蒼鷹聽了，
歎一口氣，説：「啊！
事情真這麼巧呀！告訴
你吧，當時的飛機師焦
急極了，在千鈞一髮的
時候，他自言自語：『祝
願意外發生後，我就變成蒼鷹，仍然在空中翱翔！』後來，
飛機墜到海底。飛機師果然如他所願，變成蒼鷹，從海裏
騰飛起來呢！」

　　美人魚聽了，定睛看看這蒼鷹，她驚訝地説：「呀，
我看見你背後的羽毛，隱藏着那失事飛機的尾部！蒼鷹啊，
原來你就是那失事飛機的駕駛機長呢。」

蒼鷹點點頭說：「我一直在找尋飛機失事後機上乘客的精靈，但我總找不着。今天，我太高興了，美人魚妹妹，你今後不再寂寞，我會天天飛來陪伴你，一起唱歌，一起談天。」

他倆成了十分要好的朋友，過了半年，蒼鷹說：「美人魚妹妹，你比我幸運，因為你仍有一半是人類呢。」美人魚卻說：「其實，還是你比我幸運，因為你仍然像個飛機師，領着飛機在空中翱翔。我卻過着沒有意義的日子，天天只是看日落星沉，雲頭變幻。」

蒼鷹說：「美人魚妹妹，我知道一個方法，能把你的魚尾巴甩掉，回復為一對腳，但你要忍受極大的痛楚啊！」

美人魚哀求蒼鷹把辦法告訴她。蒼鷹說：「你抱緊我吧！我帶你飛到半空，然後把你朝着礁石摔下，這一摔，你痛到死去活來，卻就把尾巴摔斷了，即露出人的長腿。」

美人魚願意忍受痛楚，蒼鷹就把美人魚回復為人。

「再見了，美人魚妹妹，你回到人類生活中去吧，讓我仍然孤單地在藍天白雲間獨自翱翔！」

笨老鼠搬家

郵局裏的牆角內，住了一窩老鼠，其中一個是大哥。他説：「我們真倒霉，住在這只有紙張，沒有米糧的地方，以前偶然有些食物郵包，現在沒有了。昨天聽新聞，據説郵包裏有的可能是炸彈，如果我們咬着炸彈郵包，連性命也保不住啦！唉，大家想想辦法吧，怎樣繼續下去呢？」

於是，一羣老鼠吱吱地響，怎麼辦呢，怎麼辦呢？

「有了！」其中最小的一隻説：「我們混進郵包內，然後，讓郵差把我們寄出去，我們再到外邊找食物吧。」

「十二弟説得有理，聽説，做美國老鼠最好，美國有個老鼠明星，叫做米奇老鼠，常常在電視出現。我們找一個寄到美國的郵包，然後躲到裏邊去，就可以到美國去闖天下啦！」説這番話的，是第三老鼠姊姊。

大家都拍手，認為這是個好意見。但是，他們不識字，怎麼知道哪些郵包是寄到美國去的呢？聰明的十二弟弟説：「我知道，我知道，可以看郵票，美國的郵票有個自由女神像，找到這種郵票就躲進郵包裏吧！」大家都説小老鼠

個子小小，卻大大的聰明。

　　牠們終於找到一個大郵包，上邊貼了不少自由女神像的郵票，於是就一起鑽進袋裏，藏在袋的中間。

　　可憐老鼠們不知道，這是從美國寄到香港來的郵包呀！收郵包的是香港一家實驗室，這羣老鼠，都乖乖成了解剖的實驗品了。

鯊魚換牙記

　　鯊魚牙痛，有一個星期多了。痛得牠睡也不安，吃也不知味道。

　　後來，大螃蟹介紹牠去看鮫醫生，牠是海洋裏有名的牙醫，而且，海洋裏只有牠一個牙醫。

　　「把嘴巴張大呀！」鮫醫生請鯊魚坐在一張能夠旋轉的椅子上，這椅子是特製的，靠背可以活動。

　　鮫醫生又用特別的鏡子去觀察，牠一邊看，一邊說：「呀！牙縫之間，藏着很多肉屑，肉屑已經腐臭了，細菌滋生，在腐蝕你的牙肉啊！」

　　於是，鮫醫生為鯊魚挑去肉屑，又為牠洗牙，那一陣陣的藥水氣味，使鯊魚作悶想嘔吐哩。

　　後來，鯊魚噴氣說：「都是我上次吃的人肉不好，那個老婆婆的肉又老又韌，一定是那些肉屑留在牙縫了！」

　　鮫醫生大吃一驚，心想：「這傢伙連人肉也吃，可怕啊！」後來，牠叫鯊魚下星期來覆診。

　　鮫把這件事告訴海豚，海豚是人類的好朋友，牠知道

這可怕的鯊魚吃過人肉，就大嚷：「鮫醫生，你不能對這種壞心腸的傢伙發善心，下次牠來了，你就替牠把牙齒全都脫光，使牠成為『無牙鯊』，不能再咬人！」

鮫醫生搔搔頭，猶疑了好一會，説：「不行不行，我要遵守醫生的職業道德啊！我不管病人心腸好壞，我是要把病醫好，這是醫生的責任。」

海豚沒有辦法，後來，牠決定在鮫醫生對門開一間「換牙診所」，門前掛了個大招牌，上邊寫着：

「包換鋼牙，永不磨損，忠誠為鯊魚服務。」

一個星期後，鯊魚到鮫醫生那兒覆診，出門就看見對門有一個大招牌，牠想：「好呀！我有了鋼牙，就能把人的骨頭也吃得津津有味了。」牠就去光顧海豚。海豚扮作一個醫生的模樣，説：「歡迎，歡迎！來吧，請張開你的大嘴巴。」

哈哈，海豚立即替鯊魚把牙齒一顆一顆拔下來，換成鐵牙。鯊魚看見閃閃發光的牙齒，還以為是鋼造的。但不到一個月，鐵牙生鏽啦！漸漸，牙齒因為生鏽，一顆一顆掉落下來，成了無牙鯊。

從此，鯊魚苦着臉，躲在深海裏，不敢到處游弋了。

肥貓的衣裳

　　肥貓以前是不會穿衣裳的，因此，有時覺得他是隻「烏哇」貓，有時是隻加加加大碼胖胖胖貓，有時是隻被袋子包裹得緊緊的貓，這都是他不會穿衣服之故。

　　肥貓發愁了，因為本月初開始，這城市實行「衣着稱身運動」，要鼓勵所有的動物都要衣着稱身，凡是不稱身的，被警察發現，就會立即為他拍一張照，刊在《樹林日報》上。那麼，全城七百多種動物共九十九萬個公民都會知道，這城市裏誰最衣不稱身。

　　第一天上榜的是長頸鹿表弟，肥貓從《樹林日報》上看見，笑得捧着肚皮在草地上打滾。「老表長長的頸，怎可以穿一件低胸Ｔ恤？還有窄窄的褲子，太可笑了。」

　　第二天，《樹林日報》刊出小麻雀表妹衣不稱身的怪模樣，哈哈，她大概穿了麻鷹姑姑的外衣，太寬太長了。

　　肥貓躲在家裏有兩個星期啦，他害怕被拍照，刊登在《樹林日報》上，成為衣不稱身的醜八怪。

　　那天，他洗澡後，用浴巾裹着身體，偶然照照鏡子，

喲，真好看，看起來也不覺得肥胖呀！

這樣，他就用這大浴巾裁成一件有吊帶的衣裳穿起來，肥貓的姑姐、叔叔都稱讚：「呀，這件衣裳真好！」

肥貓就鼓起勇氣，走出街外，當經過警察崗的時候，他心裏怦怦地跳，沒事呀，誰也沒有說他衣不稱身。突然，「唰唰」連聲！誰？誰為他拍照呢？他嚇得直奔回家，他真想哭，因為，明天的《樹林日報》，會刊出他的照片，說他是全城裏最衣不稱身的公民了。

第二天，肥貓起牀後坐在牀上發愁，卻聽見窗外不知誰在喊他的名字：「肥貓，肥貓！」

他悄悄地從窗縫看出去，啊！表弟、表妹們正拿着一本書在跳躍，喊着「肥貓，肥貓，你真可愛！」

他急忙開門跑出屋外，才知道城市裏一本最有名的時裝雜誌，選了他的照片做封面，他穿着直條子的連衣褲，看上去一點也不胖，照片上還寫着：「全城市最會穿衣服的公民——可愛的肥貓先生。」

肥貓看着那封面，臉龐「唰」的通紅了。

全城市最會穿衣服的公民——可愛的肥貓先生

蟲仔進攻白長城

　　你細看有幾隻小蟲，拿着長矛，站在白長城的城上。其實，你站遠一點看，就知道那只是健健的牙齒，牙齒雪白可愛，一枚扣緊一枚，像潔白明亮的漢白玉石，一塊靠着一塊，築成一道白長城。

　　「喂，為什麼健健的牙齒保護得那麼好？小孩子的牙縫裏都有污垢，適合我們居住，我們輕易佔領一枚又一枚蛀牙，什麼長城都被我們攻破。但是，健健卻例外哩！」

　　健健擦擦眼睛，他醒來了。

「快躲起來，快躲起呀！」蛀蟲立即躲進口腔一邊去了。健健起牀，高興地朝着窗外的太陽説：「早啊，陽光先生，我健健今天起得早。」他輕快地跳下牀，到洗手間刷牙、洗面去了。

「呀！不好了，可怕的白泡沫湧來了！」當健健刷牙，含着一口牙膏泡沫的時候，那些蛀蟲在口腔裏叫苦哩！

「你看，健健刷牙太認真了。上牙擦又擦，下牙左右擦，外邊一排上下擦，牙的裏邊不放過，手執牙刷用勁擦，大牙認真擦，犬齒、門齒逐隻擦，用牙刷按摩牙肉，來回輕輕壓，啊喲，認真刷牙真不賴，難怪健健『牙擦擦』！」蛀蟲在一旁看得傻了眼啦！

健健再含一口水，水在口腔裏把蛀蟲淹沒了，他吐出來時，蛀蟲喘着氣，溜出了健健的口腔。

健健今天起得早，原來學校舉行頒獎典禮，他獲得「傑出的保護牙齒小英雄」的光榮稱號，在台上校長給他送上一個大獎杯，健健高興得瞇起雙眼，露出了潔白可愛的牙齒，把獎杯舉得高高哩！台下鼓掌最熱烈的，是健健的爸爸媽媽和他的班主任周老師。

但是，這一晚蛀牙蟲開了個緊急會議，他們找到了香濃好味的櫻桃味香口糖，蛀牙大王説：「明年，我要小英

雄變成臭狗熊！牙齒一枚一枚被我們蛀爛，努力吧，各位蟲仔，我們只要引誘健健常常吃糖果，就沒有攻不下的白長城！」

　　親愛的小朋友，你猜猜蛀蟲會成功麼？還有，你有像健健那樣認真刷牙嗎？

四驅車模型大賽

　　四架四驅車模型，偶然聚在一起，大家都為八月第一個星期天的大賽興奮啊！四驅車模型都流行有一個綽號，他們分別叫做：

　　飛天虎——煞罷；風火輪——史達；夠巴辣——橫飛。

　　到第四架報上名來的時候，他竟紅了車頭蓋説：「我叫牛奶仔——ABC。」

　　「喂！這樣的綽號，叫我以為錯進育兒室呀！」

　　「沒有辦法，我的主人偏愛這個名。」

　　他們又談到自己的秘密武器，風火輪神秘地一笑：「超勁潤滑劑使我快如閃電！」飛天虎又炫耀他無限轉的四輪驅動器，夠巴辣噬起他的車頭蓋，大叫：「我的秘密武器在輪胎上，哈哈，我最快也永不翻車！」

　　牛奶仔卻沒有做聲。後來，分手之後，風火輪走近牛奶仔身旁，説：「你似乎沒有什麼鬥志，讓我來替你打氣吧！」

　　牛奶仔親切地倚偎着史達，説：「你是老大哥，我卻

是初出茅廬的小子。聽説你有超勁潤滑劑，我卻有……我有超導體摩打線，電能功率一點也沒浪費。」

他們兩架車談着談着，走到樹林的小徑去，風火輪史達説：「你呀，身體輕盈，會跑得很快的，但你會容易翻車啊！」牛奶仔看着史達魁梧的身軀，説：「像你一般壯碩不是更好嗎？」他們互相交流經驗，牛奶仔決定送史達一束超體線，史達又回他一點超勁潤滑劑。這時候，突然聽見不知誰在叫救命，他倆循着聲音趕去看，啊，是飛天虎和夠巴辣都掉到河裏去。他們趕忙把這兩個狼狽的傢伙拉上岸來。上了岸，兩個人還在對罵，原來，他們在路上又遇上了，各人繼續炫耀各自的「犀利武器」，後來竟對罵起來，罵得興起，你來撞我，我來碰你，兩個就這樣滾到河裏去。

四驅車模型大賽開始了，來看的小朋友滿山滿谷。風火輪和牛奶仔剛好劃到相鄰兩線，他們對望着互相用眼神為對方打氣。評判的旗一揮下，呀，嘩嘩啦啦的聲音四響，夠巴辣的車尾裝了個蟬鳴器，一路更是叫個不停。第三個圈時，夠巴辣領前，他神氣地叫得更響了。而牛奶仔一直在最尾。

到第七個圈牛奶仔突然衝力十足，從最後衝前到第二。

夠巴辣在最前，他回頭一看，吃了一驚：風火輪也來了，他在牛奶仔後邊緊追！

到第八個圈，夠巴辣忽然覺得電力減弱了，原來，他一路上把蟬鳴器的音量放到最大，威風當然、威風十足，但卻耗費了不少電能！

到第九圈後，飛天虎突然開盡馬力使用無限轉四輪驅動器，他哈哈長笑一聲，就越過了所有的賽車，跑到最前去。夠巴辣關了蟬鳴器，變得灰溜溜的落到第二。但到最後一個圈牛奶仔越過了他，不久，風火輪也越過他了，夠巴辣半開了車頭蓋喘着氣。

終點在望了，飛天虎又高叫一聲：「我勝出啦！」不料在急轉彎處突然翻車，隆然一聲，他變成四輪朝天了。

這樣，到達終點時，第一架是牛奶仔 ABC。慢半個車身屈居第二的是風火輪史達。他倆不禁擁抱在一起，風火輪說：「牛奶仔後生可畏，我為你高興流淚！」

牛奶仔的車頭蓋發紅了，他害臊時就會這樣子的。

頒獎時，夠巴辣在台下哭得像洗車。

城市交通工具俱樂部

　　城市裏的交通工具，常常在路上碰面。巴士向小巴打招呼：「你好哇，小巴弟弟。」的士又向電車揮揮手：「電車大哥，你現在可威風啦。因為你用電發動，沒有污染空氣，成為城市之寶呢！」

　　後來，它們決定成立一個「城市交通工具俱樂部」並且選舉的士做主席。

　　「的士個子小，靈巧活潑，最適合做主席，有什麼活動，它在馬路上鑽來鑽去，就可以通知全體俱樂部會員了。」大家都這麼說。

　　有一天，巴士在馬路上走，也許太匆忙了，竟然碰着了的士的尾部。這的士就向主席投訴，後來，開了一個大會，巴士表示：城市的路太窄了，車又多，有時不小心碰着兄弟，是難免的。但的士們都反對，說：「那還有王法嗎？誰碰撞了別人，都用這藉口來原諒自己，那麼就會秩序大亂了。」

　　這時候，主席的士非常為難，他說：「我身為主席，

又是的士，我真不好説話啊，如果我説的士對，你們一定會説我偏袒的士了。那怎麼辦呢？」

後來，小巴提出一個很好的意見，由電車、巴士、小巴加上主席四個，成立一個叫「仲裁委員會」，讓這委員會來決定吧。

最後，它們經過一再討論，就裁決：巴士有點魯莽，撞到的士是不應該的。但真正原因亦可能路窄車多，因此對巴士從輕發落。只罰它……罰它什麼呢？

後來還是犯事的巴士自己説了：「就罰我在下次俱樂部的歡樂大會中，表演兩個節目，如大家不滿意，還要繼續表演！」

於是，在哄笑聲中，就結束了這裁決。

巴士決定找兩個難度高的節目來表演。第一個是「跳舞」，巴士又大又笨，腰肢又粗，要它跳舞就像叫大笨象跳舞呢！但巴士克服了這困難，它跳一個夏威夷草裙舞，用尼龍草圍着腰肢，就在廣場上扭來扭去，看後大家笑出眼淚來。

第二個節目是跑一千米，這一千米裏不准噴出黑煙，這也是一個很難做到的表演。但巴士忍着氣一直跑一千米，果然一點黑煙也沒有噴出來。

　　大家都滿意了，巴士向大家鞠躬，說：「謝謝大家，今後，我要做個守秩序、互相禮讓的良好城市交通工具，決不魯莽了。」

　　在熱烈掌聲中，這俱樂部歡樂大會盡興結束了。

紅寶寶導彈的憂愁

紅寶寶是個導彈，什麼叫導彈呢？它其實是個大炮彈，但是它能飛到老遠老遠的地方，在指定的地方掉下來，「隆」一聲爆炸，把那地方炸得稀巴爛，導彈的任務就完成了。

紅寶寶有一個「了不起」家族呢。有的叫「地對空」，就是從地面發射，能追蹤要把它打下來的飛行物；有的叫「空中導彈」，由飛機攜帶，可以射向飛機或地面……紅寶寶還驕傲地説：「我們有的能跟蹤聲音或熱力，朝準發聲的人或發熱的物體射去，令自己拐彎抹角呢！」

不過，最近紅寶寶很不快樂，驕傲的神色也消失了。

「紅寶寶，你為什麼不快樂呀？」紅寶寶一旁的發射台問它説。

「唉，最近，那些人類，竟然要我們攜帶化學彈頭，或者攜帶細菌彈頭，如果這樣做，我實在對不起地球公公了。」

「這是怎麼一回事呢？」

「化學彈頭呀，當爆炸時就會有毒氣四散，籠罩大地，地球的環境大大污染了，人和動物沾了，就會中毒身亡，皮膚都會潰爛。細菌彈頭，當爆炸時就使各種病毒細菌四散。落在食水上，食水不能喝；落在植物上，植物要枯死；落在人畜上，立即感染疾病，互相傳染，痛苦死去。這是多麼可怕的彈頭呀！但有些狂人，竟然要我們導彈家族做這種醜惡的事！」

紅寶寶剛說完，突然「轟」的一聲，原來發射台突然接到命令，把紅寶寶射出去了。

「呀！我感到羞愧！」紅寶寶在天空大叫。

可愛的小朋友在海浴，紅寶寶怎能去加害可愛的小朋友呢？

魚兒、海龜在水中暢泳，紅寶寶怎能去毒害這些動物朋友呢？

空中的飛鳥自由地飛翔，紅寶寶擔心會誤傷了牠們啊！

　　紅寶寶飛上高空，它已經身不由己，被引導着向一個目的地衝去了。它想起要殺多少人，會污染地球公公的身軀，它內心痛苦極了。

　　突然，紅寶寶看見一陣灰煙，呀，另一個導彈兄弟向它迎面而來。

　　「你是誰？」

　　「我是反導彈的導彈呀！」

　　「你的名字好有趣。」

　　「我做的事更有趣呢，我的目的就是和你在空中一起爆炸，這樣，就不會落到地面，做出害人和有害環境的事了！」

　　說時遲，那時快，這反導彈的導彈與紅寶寶碰個正着，就「轟隆」一聲成為一團火球，在空中慢慢消失了。

奇奇的三個願望

　　有一個小孩子，名叫奇奇，他的爸爸是個廚師，卻是個倒霉的廚師，做的菜式常常不受歡迎，因此，失業在家有幾個月了。

　　有一天傍晚，奇奇放學回家，看見爸爸正拿着一個煎鍋，自言自語説：「明天 ABC 餐館招請廚師，要考廚師做菜，但是……唉，我想今晚試做一味菜，先給家人嘗嘗，看看合格不合格，但我再沒有多餘的錢買做菜的材料了。」

　　奇奇搔搔頭説：「爸爸，剛才我在路上遇見一個婦人，她拖着一隻狗，但狗的腿被路邊溝渠的欄柵扣住了，沒法拔出來，後來我不怕髒，小心蹲在溝渠上，慢慢幫助她把狗腿拔出來。」

　　「唔，這婦人可有給你什麼報答麼？」爸爸問。

　　「沒有，但她説可以幫助我實現三個願望。」奇奇説。

　　「願望？呀！有了，有了！你説你的願望有一大串香腸。有了香腸，我可以立即做一味好菜啦！」

　　奇奇就照爸爸的吩咐，説：「我願望有一大串香腸！」

　　一會兒，奇奇覺得自己的鼻子發熱，漸漸的變長起來，就如一條香肉腸，跟着，香腸就一節一節的長出來，一直垂到地上。他爸爸看見連忙用煎鍋接着，高興得手舞足蹈。最後已經很多很多香腸了，他就想拿刀來把香腸切開。

　　「不！爸爸！」奇奇哭着說：「你會把我的鼻子也切掉呀！」

　　爸爸急躁地說：「那該怎麼辦？」爸爸竟心急得要來切香腸了。奇奇害怕，連忙大叫：「我的願望是，我的鼻子回復老樣子！」

　　「唰」的一聲，奇奇的鼻子復原，但香腸卻全部不見了。

　　這一回輪到爸爸苦着臉，淌出淚花，他自怨自艾：「我這一輩子都不能做合格的廚師了，沒有菜料，怎麼辦呢？」

　　奇奇想了一想，說：「爸爸，那婦人給我三個願望，我用了兩個，還有一個呀！那麼，這個願望就是爸爸明天可以考到廚師的職位，做個合格的廚師吧！」

　　奇奇大聲說了，這一晚父子倆都睡得很香。

　　第二天，奇奇陪着爸爸到 ABC 餐館去見工，但他爸爸心裏還是像掛了十五隻吊桶，七上八落。

　　到了 ABC 餐館，來接見的人，竟然就是那個拖着狗的

婦人。她看見奇奇，微笑説：「你是個老實的孩子，有了三個願望，卻不會要金要銀，就是要爸爸有一份穩當的職業。好吧！這 ABC 餐館送給你爸爸，你爸爸可以努力做個合格的廚師了！」

鬍鬚伯伯和他的小黑

從前，榕樹頭有個鬍鬚伯伯，每早坐在樹椿旁，一直彎腰工作到晚上，專門替人做衣服釘補。阿強的褲子破了，阿娟的衣袖穿了個洞，黃伯的襪子有個小孔，全拿給鬍鬚伯伯去補，他一邊補，一邊唱：

「我釘釘又補補，省了金錢省了布。」

鬍鬚伯伯養了一隻小黑狗。一天，小黑身上患了皮膚病，有一小撮毛脫了，露出了一小塊肉，遠看也像釘補了一塊小白布。

於是，人們說：「鬍鬚伯伯真行，連他家的小狗的皮破了，他也能為牠釘補。」

但是，鬍鬚伯伯的日子一天比一天難過。

阿強的褲子破了，他說：「釘補不好看，再買一條新褲子算了。」

阿娟的衣袖穿了個洞，她說：「釘補真難看，再買一件新衣好了。」

黃伯的襪子有個小孔，黃伯說：「釘補不美觀，再買

一對新襪回來還好呢。」

　　漸漸，來光顧鬍鬚伯伯的人少了，他的生活越來越窮困了，那是因為，大家的日子一天比一天好了。

　　有一天，他對小黑説：「我們離開這兒吧，到有人要釘補衣服的地方去。」

　　那是一個雨天的黃昏，鬍鬚伯伯挽着包袱，打着雨傘，小黑也打着雨傘，慢慢向汽車站走去。

　　忽然⋯⋯啊！一陣強風吹來了，雨傘乘着風勢，把鬍鬚伯伯和小黑徐徐送上半空。

　　鬍鬚伯伯輕哼起歌：「我補補又釘釘，少了伴兒，沒有月亮，沒有星星；再沒有人光顧，我乘風覺得輕輕、輕輕⋯⋯」

　　強風把他倆吹走了。現在，富裕的人們經過榕樹頭，都懷念鬍鬚伯伯、他的小黑和要釘釘補補的日子。

　　「當日子好過的時候，不要忘記有過艱苦的日子。」榕樹頭上釘了一個牌，就刻着這麼一句話呢。

生活故事篇

小玲的摺紙手工

　　小玲用美麗的手工紙摺了一隻飛機，她對媽媽說：「媽媽，我坐這飛機到加拿大探舅父。」

　　媽媽笑了，她也摺一隻駱駝，對小玲說：「那麼，你會騎着這駱駝去找誰呢？」小玲搔搔頭，說：「我……我騎這駱駝到波斯，找阿拉丁借神燈！」

　　媽媽抱着小玲，笑着笑着，笑出眼淚來了。小玲說：「媽媽，你又哭啦。」媽媽抹着淚，輕輕地說：「爸爸最近身體好多了，我為什麼要哭？這一回，是歡喜的淚，我給你逗笑了。」

　　小玲會摺飛機、駱駝、蜻蜓、仙鶴、大鳥、青蛙……這都是爸爸教她的。以前，爸爸從來沒有教她什麼，老是見爸爸忙、忙、忙，早上她起牀，爸爸還在睡覺，晚上她睡覺了，爸爸還未回來。但是，爸爸突然染了病，聽說是大病，他消瘦多了，也沒有再像以前的忙碌，卻常常睡在牀上，有時見媽媽躲在廚房哭泣。小玲害怕，她仰頭問媽媽：「爸爸的病很嚴重嗎？我怕，爸爸會死嗎？」媽媽緊

抱着小玲，説：「傻女，不要亂説，爸爸不是説過，他是SUPERMAN 嗎？」

後來，爸爸沒有常常睡牀了，他會到露台為盆栽澆水，他又會呆呆地坐着，不准人打擾，説是做氣功，他又會坐在沙發上對着唱機「歎音樂」。最使小玲高興的，是爸爸陪她，坐在一旁看她做作業，替她背書，還有呀，他叫媽媽買大疊美麗的手工紙回來，每天教小玲摺一種玩意，這樣，她就學會了摺飛機，摺仙鶴……小玲真高興，有一天她湊近爸爸的耳朵，用手圍着小嘴，悄悄地説：「你是世界上最好的爸爸，但，以前不是，現在才是，我最喜歡這樣的爸爸。」

爸爸聽了，不知為什麼，忽然眼睛濕了，想哭似的，小玲急忙說：「爸爸是個 SUPERMAN ！」爸爸破涕為笑，摟着小玲疼她「面珠仔」，從來沒有這樣「肉緊」過。

爸爸最近很輕鬆，打電話給朋友，又像以前一樣開懷大笑。他大約沒有留意，小玲放學回家，總是躲在房間一兩個小時才出來。

有一天，小玲問媽媽：「爸爸的病好了，是嗎？」媽媽微笑，笑得很甜。小玲垂下頭。媽媽奇怪，問小玲：「你怎麼啦？不高興？」小玲說：「我怕。」媽媽問：「又怕什麼？」小玲說：「我怕爸爸又會像以前一樣，忙、忙、忙，不理小玲。」這話給房裏的爸爸聽見了，他扮個鬼臉出來，對小玲說：「爸爸改過，做個好爸爸，我們一家人快快樂樂、健健康康，做個你最喜歡的爸爸，小玲高興啦！」

小玲聽了，急忙進房裏拿出幾個大膠袋，爸爸媽媽正奇怪，小玲翻轉膠袋，傾瀉出一地的紙仙鶴。

小玲說：「我看過一本日本民間故事，故事講有一個女孩子的爸爸病了，女孩子瞞着爸爸，摺了一千隻紙仙鶴，一千隻仙鶴化成一千個祝福，他爸爸的病就好了。你看，我還未摺到一千隻，你已經得到祝福，病好啦！」

爸爸媽媽摟着小玲笑個不停，但淚水又從眼眶出來了。

小波升上一年級

王小波升上小一了，他大清早起牀，就嚷着：「媽媽，我要上學，我是一年級學生了，快替我穿上神氣的校服吧！」

小波的校服也真夠神氣，上身是綠色的西裝，下身是灰色的絨褲，白襪子加上黑皮鞋，還要結一條棗紅的領帶。

「哈哈，媽媽，你看，我穿上這套校服，像個小爸爸，爸爸上班穿一套筆挺的西裝，我上學也穿一套筆挺的西裝呀！」小波對着鏡子說。

媽媽給小波逗笑了，疼一下他左面的蘋果臉，說：「好了，好

了，小爸爸你可不能遲到，要不然，就不是小爸爸，是⋯⋯小烏鴉！」

王小波笑了說：「我不是小烏鴉，我是準時啼叫的小公雞，等着瞧吧！」

菲傭就挽着小波的小手，送他上學了。

路上，小波還是像念幼稚園時一樣，由菲傭給他提書包，路上還是左看看熱鬧，右看看汽車，要菲傭催着走。

放學回家，媽媽問他：「小波小波，今天誰給你提書包？有沒有人催着你走路？上課時有沒有跟鄰座談話？還有哩，你會不會自己結領帶？自己穿衣服？」

小波紅着臉，搔着頭，吐吐舌頭。媽媽說：「那麼，你還不是真正的一年級學生，不是小爸爸，現在，還是只會呱呱叫的小烏鴉。」

小波說：「我一定會做好，保證是個如假包換的一年級小學生！你瞧着吧！」

媽媽疼一下他右面的蘋果臉，說：「好吧，媽媽對你有信心！」

吃過晚飯後，小波坐在書桌前呆呆地想，突然爸爸進來，霍地把他抱起，說：「喂，聽說，你要做小爸爸，我的爸爸寶座要讓你啦！」

　　小波嗲着說：「我在煩惱呢！爸爸，你小時候怎樣保證做到是個一年級學生呢？」

　　爸爸把小波放在牀上，他也睡下來跟小波親切地說：「我們常常提醒自己──我長大了，不能什麼都依賴別人替你做，自己能做好的，就努力去做。來吧，我給你在額上紮一條白巾，以後你喜歡就把這白巾紮在額上，就一定不會忘記。」小波從牀上跳起來，說：「好！現在就做吧。」

　　爸爸就替小波的額上紮一條白巾，接着提起毛筆，蘸蘸墨，在巾上寫：「小波──英雄的小一生」，小波在鏡子前一照，像個日本的摔跤大師，他可高興了。

　　以後，小波放學回家就把這寫了字的白巾紮在額上。他的決心，使他成為一年級成績最好的學生哩！

神奇的書包

　　張小娟有一個神奇的書包，書包下有四個輪子，書包的一側有一個窗子，書包頂有一根電線，這是一個可以遙控行走和開窗的書包。張小娟上學時，把書包放在前路，手裏拿着遙控器，就可以控制書包向前滑行，像架小型遙控汽車呢。如果她想往書包裏拿些什麼，一按遙控器的按鈕，窗子就慢慢打開，可以伸手進書包裏拿些什麼。

　　這書包是張小娟的舅舅特製送給她的。張小娟帶着這個神奇書包上學，引起小朋友們的興趣，大家都來看她的神奇書包。後來，王祺祺在小娟耳邊說：「小娟，女孩子要玩洋娃娃嘛，玩這種男孩子的玩具，有什麼意思？我明天拿一個大洋娃娃替你換吧，好嗎？」張小娟搖搖頭，尖起嘴巴說：「我還沒有玩厭呢，也許，將來有一天我願意換的。」

　　但第二天，王祺祺已經把洋娃娃帶來了，這洋娃娃有一個漂亮的面孔，眼睫毛長長的，讓洋娃娃躺下時，她會閉上眼睛，當坐起來，會嬌嬌地叫：「媽咪。」

　　張小娟看見了，就立即改變主意，她伸手把洋娃娃接過來，説：「我把這神奇書包給你吧！」

　　王祺祺可高興啦！放學的時候，他指揮着書包回家去，路人看他，他可神氣啦！這一晚，他一直玩着這神奇書包，遙控着它從客廳去到房裏，又從房裏走到廚房，到深夜倦了，還摟着神奇書包睡覺哩！

　　當半夜祺祺醒來，喲，他發現那神奇書包竟然跑到大門口，似乎要出去看看什麼。

祺祺走上前，問它説：「你想看看屋外面的風景麼？」他就把門鎖開了，當打開屋門，呀！神奇書包竟然飛

快地滑出去。祺祺叫道：「喂，半夜三更，你去哪兒呀！」
他立即追上前去。

　　神奇書包在路上滑行，像一架快車，祺祺在後面跑，
用勁地追。祺祺從不會在半夜跑到大街上，今次他只覺涼
風陣陣，店舖都關了門，只有冷冷的街燈亮光和一些叫賣
宵夜的小販，他一邊追，一邊看這夜景呢。其實，他跑快
一點，是可以追上的，但是，他覺得追着追着，很好玩啊！

　　最後，原來神奇書包跑到張小娟的家去。小娟在門口
等着，她説：「舅舅對我説，如果沒有舅舅的命令，這書
包會自動跑回家的！」

　　小娟的後邊，還站着舅舅呢。舅舅説：「孩子，看你
追了很遠吧，你喜愛這神奇書包，我決定叫它跟着你，你
要永遠緊抱這書包啊！」後來舅舅拿出螺絲刀，在書包內
一個地方旋幾下。果然，神奇書包又乖乖跟祺祺回家了。

新書包的秘密

開學了，陳小明換了個新書包，這書包似乎有些秘密，因為鄰位的杜蕎要看看他的新書包，他十分緊張，説：「沒有什麼好看呀！」就把書包放到另外一側，而且，書包口還加了個鎖。

杜蕎心裏納罕，下課後拉着張小娟説：「陳小明換了個新書包，裏邊……裏邊似乎藏着些鬼東西！」小娟瞪着眼，小聲地問：「什麼鬼東西？」於是兩個人在耳邊絮絮不休地説了一通。

第二天，陳小明上學，發覺班裏的女生都用驚異的眼神盯着他的書包。

第三天，陳小明上學，發覺不但女生用驚異的眼神看他的書包，連男生也是這樣。

陳小明還聽見一些女生説：「陳小明的書包養了隻小魔怪，眼睛大、全身毛，每逢測驗，這小魔怪會給陳小明作弊，輕輕説出問題的答案。」

陳小明又聽另一些男生説：「陳小明的書包裏養了一

條小蛇，這小蛇有 X 光眼，能看穿老師打算出什麼題目。」

有一天放學後，陳小明站到黑板前，大聲對同學説：「今天，我請大家來參觀我的書包，誰有興趣誰留下來看吧！」同學聽了哄然大叫，都表示有極大的興趣。大家擁前去看，原來書包裏釘了一條布，上邊有陳小明爸爸的訓示：

「小明、小明，學要有成，拔去懶筋，爸媽高興。」

大家看了，都啞了嘴巴。

三個好朋友

　　有三個好朋友，他們商量，怎樣可以使友誼永不褪色，永遠都是好朋友下去？這三個朋友一個姓李、一個姓陳、一個姓張。

　　李説：「我們住在一間屋裏，一起生活，外邊一個人也不要認識，這樣，我們就能永遠要好下去了。」

　　陳説：「我們永遠不爭吵，一直和和氣氣，朋友的缺點都看成是優點，那麼，我們一定能一直成為好朋友。」

　　張説：「我現在不説了，就跟你們的辦法去做吧。」

　　於是，他們在郊野租了一間屋子，屋外有塊田地，就一起耕種，一起居住，別的人一個也不去認識。李的性情比較軟弱，陳的性情比較暴躁，張的性情比較沉默，但他們都把這些當作優點，保持一團和氣，從不爭辯。

　　過了一年，有一天李大哭，説：「我實在忍受不住了，我覺得我們的友誼快完蛋了。」陳的暴躁也發作了，他把碗碟摔破，説：「這是什麼友誼？不值一文錢！」

　　這時候，張説：「是輪到我説話的時候了，我認為好

朋友要一直好下去，還是各做各的工作，各住各的屋子，心裏有悶氣不隱藏，朋友有缺點要指出，並互相幫助。」

李和陳說：「你該早說呀，好吧，就照你的辦法做吧！」

現在，李、陳、張三個已經七十多歲了，還是十分要好的朋友哩！

母親節的故事

　　從前，淺水灣旁有一間石屋，裏面住着一家人，有爸爸、媽媽和一個女兒。有一次，爸爸出海打魚，遇到颱風，就沒有回來了。女兒問媽媽：「爸爸什麼時候回家？」媽媽害怕女兒傷心，就説：「快回來了，你到海邊去，每天數一粒沙，當把沙數完，爸爸就回家了。」

　　女兒真的每天到海邊去數，每天數一粒，數過後就把沙盛在一個桶裏。數了一年，桶裏有三百六十五粒沙，但淺水灣海邊，看去好像一粒沙也沒有少啊。媽媽看着心裏難過。自從丈夫沒有回來，她要照顧女兒，又要替人家補魚網，為了安慰女兒，還每天給她講一個故事，又每天教她認識一個字，並且還為女兒每天數一粒沙而心中難過！

　　女兒漸漸長大了，她漸漸明白，海沙數不完，爸爸是永遠不會回來了。她看着媽媽的白髮一天比一天多，就對媽媽說：「媽媽啊，女兒漸漸長大了，你不要為女兒擔心啦。我不再每天數沙，改為每天給你扯斷一根白髮，好嗎？」媽媽笑了，說：「只要你學會本領，只要你快樂，我的白髮不會多了，你不用扯幾個月，白髮就沒有啦。」女兒給媽媽每天扯斷一根白髮，果然，不到兩個月，白髮就一根也沒有了。

　　有一天，媽媽回家，又看見女兒在海邊數沙，就說：「怎麼啦？為什麼又回復數沙呢？」女兒摟抱着媽媽說：「親愛的媽媽，我想知道你愛我有幾多，我想，我每天數一粒沙，等到數完就知道數量了。」

帶着海龜出走吧

哥哥張傑和妹妹張玫從來沒有那麼緊張過，因為明天替爺爺做壽，媽媽特意為爺爺做一味「山瑞羹」，上星期媽媽已經向爸爸透露，張傑和張玫在一旁聽見了。

「我請教了李太，她教我用山瑞切塊，文火熬六個小時成為肉汁，再加淮山、杞子、紅棗……美味又有益，吃後補身兼長壽。」媽媽一邊形容，一邊用舌頭舐着唇。

兩兄妹也不禁學着用舌頭舐唇，說：「唔，好滋味呢！」

但是，當前天媽媽買了「山瑞」回來，張傑和張玫大吃一驚！

「這不是小靈靈、小念念的爺爺嗎？」兩兄妹小眼望着小眼。小靈靈、小念念是學校自然角的一對小龜，養了快一個學期了，那是副校長送給他們的禮物。副校長退休了，她臨別給小朋友送了一對小龜之外，還有小白兔、小葵鼠，現在都養在校園的一個角落裏。小朋友每天都去看這些小動物，並且，都給他們起了好聽的名字，那一對小

龜，大一點的叫小靈靈，小一點的叫小念念，張傑和張玟特別喜歡這對小龜，張玟嗲着聲叫：「小靈靈、小念念，我疼你！」

嘿，媽媽這一回買回來的是什麼「山瑞」，用膠桶盛養，牠有時想爬出桶外，卻一滑就翻成四腳朝天，拚命撐着腿，很可憐的。兩兄妹可緊張啦，幫助牠翻過來，但又有點害怕，這山瑞全身滑脫脫的，孩子用手觸牠，牠全身縮做一團，頭和腳都不見了——這和小靈靈、小念念受驚時一個樣子。山瑞那麼大，一定是小靈靈和小念念的爺爺。

「我們的爺爺生日，卻要拿小靈靈、小念念的爺爺來做菜，哪有這種道理呀！」張傑嘟長了嘴説。

兩兄妹決定先把心中話告訴爸爸。爸爸説：「今晚九時，我到你們的睡房來，開個會研究、研究吧！」爸爸老是這樣子，什麼都説「研究、研究」。

張先生是個畫家，他很守約，掛在孩子睡房的貓頭鷹鐘鳴叫了九聲，爸爸就敲門進來了。

「爸爸，心急死了，你研究好了沒有？我們是不用研究的！」兩兄妹齊聲説。

爸爸帶來一幅畫，他慢慢展開來，哈哈，真好玩，圖畫畫着爸爸騎着大山瑞，妹妹坐當中，哥哥坐背後，三個

人摟得緊緊的，卻都在興奮地笑。大山瑞活潑地在水面上游，海鷗來湊高興，小魚蹦起來打招呼⋯⋯。

「這是什麼意思？」張傑和張玫睜着大眼睛問。

「出走，趁今晚月色好，我們偷偷帶着大山瑞——小靈靈的爺爺送牠回大海去！」

哇！突然媽媽推門進來，孩子們大吃一驚。出走計劃失敗了！

「孩子，你這鬼馬爸爸已經向我吐露一切，別忘了，帶大山瑞出走的人，還有我！」孩子們大笑了，爸爸忙着拿起彩筆，把媽媽畫在水裏，拉着大山瑞的尾巴呢！

用手走路的學校

　　事情是發生得很突然的。學校有一次上體育課，體育老師教大家做倒立的技巧，但是，能夠做到的只有七八個學生，大部分人都做不到，這時校長剛好路過，他笑說：「大家放鬆，再放鬆，你們想想這個世界就是顛倒的，天空在你的腳下，地面在你的頭頂，謊話可以變成真話，醜的可以說做美……這樣，你們就能做到身體倒立了。」校長一邊說，一邊示範。

　　大家照校長的話去做，奇怪，大家都能夠輕鬆自如地做到了，一個個手變成腳，在地上走，覺得一點也不難。

　　後來，大家再倒過來，腳踏着地。但是，人人都覺得頭昏目眩，竟然很不習慣，於是又連忙倒立起來，哈哈，這下子又人人精神爽利了！

　　從此以後，這學校就成為一所人人倒立的學校，學生離開學校，就回復用腳站立，但是當走近學校和走進學校，每個人都覺得只有顛倒了身體才舒暢。

　　家長首先引起恐慌啦，但是，校長安慰他們：「倒立

有什麼不好，平日我們上肢疏懶，走路、爬山、上樓梯也要腳來做，現在改一改用手做，人就可以調節四肢的活動啦；而且，腦袋向下，血液充滿，人會更聰明。」家長看見自己的兒女都喜歡這樣，漸漸也就習慣了。

但教育署派來的視學官可頭痛了，他們到達學校，都要蹲下來和別人說話，握手的時候更尷尬，視學官只能用手和校長的腳相握，這校長的腳汗厲害，那異味叫客人真不好受。

課桌都要特製改裝，黑板要垂到地面⋯⋯但大家都覺得很有趣，沒有覺得麻煩。

這所「顛倒」學校，成為全城的特色，遊客都來參觀，後來，教育署還頒發了「特殊榮耀」的獎牌給這所學校哩。

有一天，馬戲班的班主來到學校，他對校長說：「我想在你的學生中招聘十名小丑，因為他們習慣顛倒走路，做小丑是最適合了！」

校長聽了，非常生氣，他說：「對不起，我的學生不是小丑，請你滾蛋吧！」後來，校長有了悔意，就決心訓練學生回復原狀。他在周會上說：「讓我們用意志、用鍛煉，使一切顛倒的東西再顛倒過來吧！」

經過一個月的訓練，全校人人都回復用腳走路，頭頂着白雲藍天了。

大螃蟹和八爪魚

　　天氣很熱，爸爸帶着明明和玲玲到海灘去游泳。來到海灘上，兩兄妹對那軟滑的沙着迷了。明明說：「我們用沙砌些有趣的玩意吧！」玲玲說：「爸爸，你來幫助我們吧，聽說每年有人舉辦堆沙遊戲呢！我們先來實習一下，堆砌些海裏的動物好不好？」

　　這時候，沙堆裏溜出一隻小螃蟹，舉起一對蟹箝，飛快地在沙面上橫行，一忽兒又鑽到沙堆裏了。

　　明明和玲玲高興極了，他們拍着手掌，說：「有趣呀真有趣，讓我們用沙來砌一隻大螃蟹吧！」

　　於是，在爸爸協助下，果然用沙雕砌成一隻大螃蟹。接着，他們又用沙砌成一隻八爪魚，三個人合力，砌得維妙維肖呢！

　　砌了一個上午，他們玩得滿身大汗，爸爸就帶着他們到海邊玩水。

　　這時候，在海邊遇見了小表哥，原來他也到海灘來游泳呢！於是，四個人玩在一起，高興極了，他們沒有到深

水的地方玩，因為明明和玲玲剛剛開始學游泳。這時候，小表哥説：「來，我們來玩一些水上遊戲吧！」明明説：「好哇！剛才我們在沙灘上砌了一隻大螃蟹，一隻八爪魚，現在，我們就來玩大螃蟹和八爪魚的遊戲吧！」

小表哥説：「這主意很好！我扮八爪魚，舅舅扮大螃蟹，大螃蟹舉起大蟹箝，耀武揚威，把我的一條八爪鬚箝住了！我痛得哭啦！這時候怎麼辦呢？」

爸爸果然就扮成一隻橫行的大螃蟹，他舉起雙手，讓手掌開開合合的，像要箝小八爪魚啦。小表哥在齊腰的水面上跑來跑去，突然，他們一條腿給大螃蟹的箝螯住了！

明明和玲玲這時候勇敢地上前，玲玲用一個水泡圈套着爸爸的一隻手，不讓這隻手又要像蟹箝般去螯表哥。明明跳上爸爸的背上，讓爸爸把他背着，他大叫：「不准欺負八爪魚，快快鬆開你的蟹箝呀！」

最後，爸爸放開了手，小表哥急忙逃脱了！

他們哈哈大笑，明明説：「我們剛才用沙雕砌了一隻大螃蟹，一隻八爪魚，現在是假戲真做呢！我們快到沙灘上看看我們的沙雕吧！」

奇怪，那沙雕的大螃蟹不知什麼時候夾着沙雕的八爪魚一根觸鬚，陽光把沙的水分蒸發了，螃蟹變得鬆鬆散散

的，像快要隱沒了。明明和玲玲跳上蟹的背上猛跳，快樂地大笑：「螃蟹不能作惡了！」爸爸卻裝着喘氣，説：「我這大螃蟹不能再橫行了！」

北極的小獵人

「相信我們的孩子吧，他在學習長大！」愛斯基摩族的老獵人説。

他的孩子叫做韋柏，會做雪屋，看他用鋒利的冰刀，撥開地上的軟雪，用勁割下去，一塊塊方方的冰磚割成了。然後在地上挖個方洞，他站在洞裏，拿着冰磚一塊一塊的砌上去，很快就砌成一間冰屋。

「我們的孩子長大了！」韋柏的老媽説，但老獵人搖頭説：「還不能這麼説，相信我們的孩子吧，他在學習長大。」

韋柏跳上雪橇，揮起了鞭，叫一聲：「走！」

一隻狗拉着雪橇用勁地跑。這是大海，但現在結成冰，狗拉着雪橇在上邊奔跑。

走了半天，他終於看見一羣海豹的蹤影。

韋柏跳下雪橇，拿着長矛，蹲下來，海豹成羣地滑進海裏去了，但還有三兩隻留在岸邊打滾。韋柏伏在地上，慢慢向前爬，他突然躍起，長矛飛出去，近海的兩隻溜到

水裏，其中一隻給刺中了。韋柏上前，拔起長矛，又在海豹要害的胸口再刺進去，海豹就一動也不動了。

韋柏想起老爹的話：「相信我們的孩子吧，他在學習長大！」

韋柏就翻開皮衣，拔出了匕首。他對死了的海豹說：「對不起，我要學習成長啦！」就從海豹的肚皮直剖下去，這匕首好鋒利呀，一刀直下，就把皮剖開，韋柏用勁翻開皮，裏邊一層厚厚的脂肪，再切開脂肪層，就是紅紅的海豹肉。他割了一塊，放在口裏吃。

突然，韋柏看見後邊傳來聲音，啊，白熊！韋柏想起老爹告誡：「孩子，看見白熊，你就要跳上雪橇，立即趕着狗奔跑，你是敵不過白熊的，你只會成為牠的食物！」

但韋柏沒有走，他看見海豹肉後邊的肋骨，靈機一動，就割一條有半個手掌長的肋骨尖刺，把肋骨曲起，然後切了一塊海豹肉，把它塞進肉裏，再抓出一塊海豹皮的脂肪，把肉包成圓球形。

他像擲雪球一樣，用勁向白熊擲去！果然把白熊擲中了。白熊看看脂肪球，用鼻嗅一下，就一口把脂肪球吞下肚裏。

脂肪球在白熊肚裏溶化了。包藏着的海豹肋骨刺彈開

了，它刺着白熊的胃，白熊痛得在地上打滾。

　　韋柏勇敢地跑前，舉起長矛向白熊的胸口用勁刺去！啊，白毛皮和雪地都染成紅色！

　　愛斯基摩人一條村的人都走出來了，他們真不敢相信自己的眼睛：一個十來歲的小娃，竟捕得一隻大白熊！要知道，平常兩個強壯的獵人才能捕得一隻大白熊啊！

　　「我的孩子長大了，他比老爹更有勁！」

兒童小說篇

海邊多快樂

那天弟弟不知從哪兒學回來一句謎語，就嘰嘰呱呱的嚷着要我猜，還說我一定猜不着。他説：「聽着，這謎語很奇妙的：贈你兩拳，送你一腳，看你不似人，告訴你媽媽聽。猜一個字，你猜是什麼字呢？」

我搔着頭，覺得這謎語也真野蠻，拳來腳往的，還咒我不似人，要告訴我媽媽——哼，這壓根兒不是字謎，是咒人的話。我説：「這是兩個字吧？是『欺侮』，是嗎？」弟弟聽了哈哈笑，猛搖頭，說：「是猜一個字的！」

我只得去請救兵，請來了姐姐，姐姐聽了，也猜不着，乾脆説：「這是打擂台！」後來姐姐也去請救兵，這回請來了「如來佛祖」，弟弟這本地孫悟空諒他也跳不過如來佛祖的五指山吧？這佛祖就是爸爸啊！

爸爸聽了這謎面，想了想，説：「嗯，這是一個奇妙的字呀！這星期日，我正想帶大家到這個地方去呢！」

弟弟聽了，高興得跳起來，説：「真的？那好極了！」我跟姐姐卻莫名其妙，連聲大嚷：「喂，究竟是什麼地方，

那是個什麼字啊?」

爸爸笑説:「這個字的地方有很多很多剪不斷、切不開、斗量不盡、花費不完的東西的,你們再猜猜是什麼吧!」

我和姐姐給氣壞了,叫爸爸做我們的救兵,他卻和弟弟結成聯合陣線,還要來一個謎中有謎。好,我和姐姐一定要把這謎猜着,這叫做自力更生。

後來,還是姐姐猜中了,她説:「我知道,是海!是汪洋大海的海。」

爸爸説:「對了,弟弟的謎就是海字嘛!你們想想:「贈你兩拳,送你一腳」,不就是海字左旁的三點水的像形嗎?『看你不似人,説給你媽媽聽。』就是海字右邊的每字。」

弟弟把我難倒了,樂得哈哈大笑。爸爸卻説:「你可不要高興得太早,這個星期日我們到海灘去,在海水裏,是哥哥和姐姐難到你的時候啊!」

姐姐故意對我説:「對,我們浸弟弟要他喝海水!」弟弟聽了大叫:「我不去!爸爸,他們要浸我。」

爸爸卻説:「浸一下沒關係,要學會游泳,總要學會全身泡到水裏邊的。」

　　果然，弟弟已經做好準備了，看他這幾天洗臉，把水放滿一盆，然後大聲叫：「一、二、三，吸氣！」他吸了一口氣，就把整個臉埋到水盆裏，看他又跺腳又搖手，像自己替自己打氣，好一會，才把頭抬起來。他說他在練習潛水呢。

　　星期日大清早，我們以為要出發了，可是，爸爸卻說：「吃過午飯才動身吧，我打算到日落才回來，讓我們享受一個海邊的黃昏。」弟弟第一個高興地大叫，他說上午電視有卡通片集，他說享受一個上午的卡通時間，才到海邊享受一個黃昏時間。姐姐聽了，卻去找弟弟一件破了的襯衫，我問她做什麼，她說要做一個捕魚網。我也趁着上午做些什麼游泳的準備——有了，我趕快去黏好我的模型快艇，這樣可以下午拿到海裏去放了。爸爸也有他要忙的事呢，他找出了去年藏到牀底下的蛙鞋，哈哈，鞋裏邊居然成了甲由的快樂窩，把它拿出來，大小甲由四散逃跑，爸爸忙着去洗刷蛙鞋了。媽媽最偉大，她也忙着，卻是為大家忙，她在做三文治，調製沙律，給我們準備豐富的沙灘黃昏大餐。

　　終於盼到下午了，我們唱着快樂的小調，乘上標叔叔的汽車——喏，就是每天接送姐姐和我上學的白牌汽車，

爸爸教我們看見警察就不要説那是白牌車了——標叔説那是錢七，那汽車果然就「錢七，錢七……」的響個不停，像替我們唱的快樂小調打拍子哩！弟弟大約看卡通片看得太多了，忽發奇想，喊叫一聲：「一寶特寶！快把這錢七變做飛天老爺車吧！」大家都哈哈大笑。

到了，到了，藍藍的天，藍藍的海，軟軟的沙，柔柔的水。我一邊走，一邊脱衣，一邊脱褲——我早就在家裏穿好了泳褲，只要脱光了外衣、外褲，就可以頭也不回的直奔到海水裏去了。姐姐在後邊追着罵我，罵我像到處下蛋的海龜，把龜蛋撒滿沙灘就潛到水裏去。我由她罵，心裏還要謝謝她，是她跟着替我執起那雙鞋，那件Ｔ恤，那條外褲——她就像收拾龜蛋的漁人啊！

我已經游到浮台，又游回岸去，才看見爸爸姍姍來遲，弟弟摟着爸爸的腿，怕我和姐姐會浸他，姐姐執起拳頭輕輕搥他，説：「贈你兩拳，送你一腳，看你不敢下水不似人，我要告訴全世界的人聽！」弟弟兩手掩耳説：「我不聽，我不聽！全世界的人都聽，只有我不聽！」爸爸卻忽然把弟弟抱起，説：「來吧！學泡水吧！第一課是全身放鬆，浸到水裏。」

弟弟殺豬似的大叫，我也跑過去，弟弟更害怕，爸爸

説：「爸爸抱着你嘛，怕什麼？」我也向他保證，決不突然偷襲。

　　爸爸抓住弟弟雙手，教他學吸氣。爸爸叫：「一、二、三吸氣！」弟弟突然像在家裏浸頭進面盆一樣，把頭埋到海水裏，我大聲數着：「一、二、三、四、五、六……」數十下，弟弟才把頭抬起來，姐姐説：「刷新紀錄，十秒，十秒！」弟弟可樂了，他説：「你們不要浸我，我自己浸自己。」爸爸説：「你先放勇敢一點，別狠狠抓住我的手吧，放鬆，再放鬆。」弟弟説：「我怕，我怕你們騙我，當我把頭浸到水裏，你們會按着我的頭的。」爸爸説：「不會，我們不會騙你，海洋不會騙他的浪花！來，再來一次！」弟弟這一回放鬆了，

又吸一口氣，然後把頭埋到水裏，我像數着太空船升空號令：「九、八、七、六、五、四、三、二、一、零！」我以為弟弟在十下之後要抬起頭了，哎！他還把頭浸在水裏，我只好再倒數下去：「二分一、四分一、八分一、十六分一……」數了二十下，弟弟才把頭離開水面，姐姐大叫：「厲害！厲害！又刷新大會紀錄！足有二十秒呢！」

爸爸說：「第一課完成了。接下去應該是第二課，把上身蹲下去，雙手抱膝，然後全身放鬆，雙腳離開水底，讓全身在水中浮浮沉沉。」爸爸叫我示範給弟弟看，我便彎腰到水裏抱着雙腳，在水裏浮浮沉沉，接着便潛到水底下，到遠遠的另一邊才浮上來，哈哈，我在水底拾到一個大貝殼呀！

媽媽來了，她沒有換泳衣，只是換了一條短褲，拿着姐姐的魚網和我的模型快艇來了，我上前去接過快艇，放在水裏，弟弟故意攪起風浪，差點更把我的快艇弄沉，我去追弟弟，他跑到媽媽背後，還扮鬼臉呢！

爸爸拿起我拾的貝殼，放到耳邊，好像聽見什麼美妙的聲音，姐姐和我也趕去聽。哈哈，把空貝殼附在耳邊，能聽見海浪的聲音，爸爸說：「貝殼在懷念他的家鄉呢！」弟弟好奇，也從媽媽的保護範圍走來了，我突然抓住他，

他逃不了啦，只好大叫大嚷。我說要罰他，姐姐也來幫手，把沙堆在他身上，弟弟居然自願受罰。我們用沙把他埋到肩膊，只露出頸和頭，爸爸拿來了水泡圈，説可以玩拋環遊戲。哈哈，我們拿弟弟的頭做目標，拿起水泡圈向他拋去。

太陽下山了，爸爸盼望的海邊黃昏景象出現了。果然像幅圖畫，西邊晚霞色彩絢麗，海水也映得金鱗片片，伴着晚風，還有遠遠的歸帆，我以前只是從國語課本的形容詞裏聽過這景象。

媽媽已經擺好了沙灘大餐的美味食品，我們一邊吃，天色一邊從紅到暗藍，還有寬容的大海響着有節奏的浪聲陪伴着我們呢！

寒假的一天

　　發成績表那天，偉強草草看看，英文和健康教育赤字＊啦，這早在預料中了；操行是丙等，這也不稀奇。偉強把成績表合上了，就丟進書桌裏。放學了，這天不用拿書本回來，自然也兩手空空的回家去，就讓那成績表寂寞地躺在抽屜裏。

　　偉強覺得讀書有點厭倦了。他爸爸從來不管他讀書的事，説清楚一點，並不是不管，而是管不了。偉強上學了，他爸爸剛睡覺；偉強放學了，他又忙着準備上班去。他爸爸是在一家報紙館裏當排字工人，幹的是夜班工作。

　　偉強的媽媽替人家看管孩子，到晚上才回來，還要忙着做家務，所以，偉強讀書的事她也管不了。

　　偉強早就對爸媽説過，下學期不要念書，寧願去當學徒，或是去當童工。媽媽説：「有機會念書，總是念書的好嘛，你爸媽念書不多，就處處吃虧了！」他爸爸卻説：

＊赤字：指考試成績不合格。

「我管不了，念書也好，做工也好，勉強是勉強不來的。」

放寒假的頭一天，偉強就打定主意，再不進學校的門了。過了幾天，媽媽替他在一家印刷廠找到一份學徒的工作，媽媽説：「過了年，初六早上，我就帶你去見那個主任吧，他説過你要帶學校的成績表去給他看看的。對了，怎麼不見你的成績表呢？」

第二天早上，偉強只好回學校去，希望能找回留在書桌裏的成績表。

又來到學校門前了，不知什麼時候，已經粉刷一新，校門裏，兩旁的盆花開得熱鬧，鵝黃色的是菊花，大紅的是芍藥，好像齊來歡迎偉強再進校門來。

看門的梁伯和氣地問；「偉強，放假回來做什麼？」雖然學校裏有幾千學生，梁伯還是認得偉強的，因為每天早上，偉強總是最早上學的幾個，他有時還替梁伯澆花。

「我遺留了一些東西在課室裏，要回來找。」

偉強來到空蕩蕩的操場前邊，平日這兒總是最熱鬧的地方，踢皮球啦、捉迷藏啦、跳繩啦、賽跑啦⋯⋯偉強看見那沙池，就記起上個月還不停在這兒練習三級跳遠，教體育的陳先生耐心地給他指導，果然在校運會裏為藍隊——他所屬的隊伍——掙得一個銀盾。現在，沙池旁只有三兩

隻小麻雀，在啄着沙粒，牠們好像並不怕人，偉強慢慢走近去，牠們還是在附近蹦蹦跳跳哩。偉強走到白界線，忽然技癢，又來一個三級跳，「一、二、三，跳！」偉強數着，騰空一躍，落到沙池中央站起來，他又好像聽見陳先生在勉勵他：「偉強，這次姿勢進步了！」他回頭看看，哪裏有陳先生，只有小麻雀兀地飛起，又落到操場另一角去了。

偉強猛然想起這次回來，是要找那成績表的，就離開那空蕩蕩的操場，上課室去。課室外的長廊一塵不染，也分外清靜，偉強真不耐煩這種清靜，故意「喂！」的叫一聲，居然有一個應聲回來：「喂！」那是自己的迴聲呢。偉強走進最熟悉不過的課室，又回到自己的座位上，他坐下來，抬頭看看教壇，彷彿聽見班主任湯先生那熟悉的咳嗽聲。

成績表還是寂寞地躺在書桌裏，偉強看見了它，就興起一陣慚愧的感覺，兩科不合格，丙等操行。他知道自己升上五年級後就對功課疏懶了，人也任性了，湯先生實在是位好老師，她常常鼓勵他，偶爾嚴厲的責備他。但是，不知什麼時候起，他就想不念書，像隔壁阿倫那樣去做工，自己會掙錢，又沒有人管束……

偉強把成績表捲好，放在口袋裏，走出座位，看見自

然角的金魚缸，好幾天沒有換水了，還有一旁的萬年青，瓶裏的水也快乾涸了。偉強捧着金魚缸，到男潔室去給金魚缸換水，又替萬年青添水，忙了好一陣，看見四條金魚又活潑地在魚缸裏游來游去，偉強傻裏傻氣的對金魚説：「喂，金魚仔，拜拜，以後再看不見你了。」

「強仔，拜拜——哈哈哈！」忽然後邊爆出一連串笑聲，把偉強嚇了一跳。偉強急忙回頭看，原來是李小玲，是坐在最後排的同學。

「哎，李小玲，你回來做什麼？」

「那你呢？你又回來做什麼？」

「我遺留了一些東西，特地回來找的。」

「我嘛，回來幫助湯先生收拾圖書館。來，你也來幫忙吧！」

偉強就跟着李小玲跑到圖書館，看見湯先生在忙着整理圖書。

「偉強，你也回來幫忙嗎？那好極了，看，不少書都給蛀了。咳咳。」湯先生總有幾聲習慣的咳嗽。聽説她從前也是在這裏念書的，在外面念過了師範，又再回來教書，也許是這個緣故，偉強覺得她特別愛學校，她除了當他們的班主任，還負責管理圖書館。

　　三個人在圖書館裏可忙碌了——把圖書從書架上搬下來，把書架抹乾淨，給圖書修補……大家一邊做，一邊說笑，偉強覺得湯先生好像他媽媽一般親切，心裏想起自己要離開她了，就覺得一陣陣難過。

　　偉強把書架都抹乾淨了，就把圖書搬回書架上，他一邊做，一邊胡思亂想，一不小心，圖書從書架上翻下來，直打在偉強的身上。偉強閃避打下來的圖書，跌倒在地上

了。湯先生和李小玲嚇了一驚，慌忙跑來，把他攙扶起身。

「有跌傷麼？哪裏覺得痛？」湯先生懇切地問。

「嚇壞了吧，先喝杯茶啦。」小玲端來了一杯熱茶。

偉強卻沒有想自己哪兒受了傷，哪個地方跌痛了，他腦子裏只想着自己要放棄這個多麼好的校園，多麼好的先生，多麼好的同學，就這樣，淌出了熱淚來。

「怎麼啦！你怎麼啦，很痛麼？」這可把湯先生和小玲嚇壞了。

偉強用衣袖抹去淚水，霍地站起來，說：「沒有呀，哪兒也沒有傷，哪兒也不痛！幾本書怎能把我打壞！」

湯先生真不信，再問幾句，偉強爽朗地笑起來，他好像閉塞的水管豁地通了，快手快腳，把地上的圖書拾起來搬回書架上，三個人齊心合力，一下子把圖書館收拾好了。

偉強回到家裏，媽媽問：「成績表找回來了嗎？」

「找到了，不過，我還是決定再念書了。」

媽媽看看偉強的成績表，皺起眉頭說；「成績不好啊！」

「媽，你等着瞧吧，下學期我會用功的，我還是要念書，你讓我再念書吧！」

快樂的假期

　　「隆隆隆」的火車載着衞山在新界的原野上奔馳，這天是復活節假期的頭一天，吃過午飯，衞山趕上了午間的一班火車，到大埔坳大舅父的菜園去度假。

　　芬表姐早約定了在大埔火車站等他。衞山背着行囊，左手提着帆布袋，右手拿着媽媽蒸的蛋糕，蹣跚地下車。芬表姐在人羣中看見了他，大聲叫道：「喂！衞山！」衞山高興極了，正要跑上前去，卻突然被人搶去他的帆布袋，衞山嚇了一驚，回頭看看，原來大舅父也來了，他在後邊捉弄衞山哩！

　　走出火車站，外邊停了兩輛單車，大舅父和芬表姐沒有坐上去，只是推着車跟衞山一起步行。衞山奇怪地問道：「為什麼不乘單車啊？」芬表姐説：「這兒單車後座不准乘人，一會兒到了郊野外，你乘在單車後，我可以載你到我家啦！」

　　人家常説「大鄉里出城」，這回衞山卻是「大城里入鄉」哩！他四處張望，什麼東西都覺得饒有趣味。

　　到了一條林蔭小徑，舅父便騎上單車，飛一般遠去了。芬表姐叫衞山坐在她的單車背後，然後她熟練地把單車推前幾下，就像躍馬似的躍上單車，踏着單車在路上飛馳。衞山不會踏單車，乘單車尾也是第一遭，他覺得有趣得很，迎面陣陣涼風把他吹拂得更是精神奕奕了。

　　「芬表姐，你教我踏單車吧！」衞山說。

　　「行，可是要交學費。」芬表姐說。

　　「交學費？好的，媽媽叫我帶來一盒蛋糕，那就是學費──啊！救命呀！」

　　原來有一個急拐彎，衞山不會把身體側向一邊來保持平衡，就這樣使單車倒向一邊，眼看單車要翻倒了，幸虧芬表姐技術高超，把單車把持得好，才避免了翻車的危險。

　　大舅父的家，就在菜園的一側，那是一間大紅磚屋。衞山才進屋一會，手臂和雙腿就有五六顆小紅塊，那是蚊子螫過的遺痕哩！衞山抓抓這兒，搔搔那兒，可是越搔越癢，真是坐立不安了。

　　芬表姐笑着說：「陌生人的血分外香，你看蚊子不叮我，是你招惹那蚊子呀！」

　　舅母拿了一束樹葉，浸在一盆水裏，說道：「衞山，用這些水洗個澡，就會不痛不癢了，蚊子輕易也不螫你

了。」

衞山聽舅母的話，洗澡之後，果然覺得一身涼快，也沒有蚊子來螫了。衞山説：「那真是神奇的樹葉，給我一束帶回家去吧，以後身癢我可以用它浸水洗澡了。」

大舅父卻笑説：「你如果身癢，媽媽不是有更好的辦法對付嗎？」芬表姐和舅母都笑了。

黃昏來得特別早，衞山在城裏從來沒有留意過天上雲霞的變化，現在四周空曠，西邊那美麗的晚霞容易映入眼簾，衞山看得呆了，他指點着西邊，嚷着説：「看呀！好像火燒雲呢！」大舅父説：「喂，你這『大城里』，連晚霞也覺得新奇麼？」芬表姐插嘴説：「火燒雲──形容得好妙！喂，你又看那不刺眼的夕陽，它像什麼？」

衞山也實在第一次留意那又大又圓又紅並且一點也不耀眼的太陽，平日住在香港，四周大廈林立，這情景真是難得一見。

「它⋯⋯它像什麼？」衞山説：「啊！想到了，實在太像一個大大的鹹蛋黃了！」

大家都不禁哄然大笑。舅母在下間（他們是這樣稱呼廚房的）喊出來了：「喂，你們笑什麼？快到菜地摘幾棵菜回來吧！」

芬表姐立即跑出去了，衞山立即跟着，大叫道：「喂！我也去呀！」芬表姐卻不管，一個勁兒的跑，衞山在後邊追。走出了屋後，跑到了菜園的小徑上，小徑窄窄的，衞山小心地跑。忽然在菜地旁跑出一隻黑狗，牠「汪汪」的吠幾聲，衞山嚇了一驚，向後退了幾步，一不小心倒在後邊，原來後邊是個泥塘，衞山大叫：「呀！救命呀！」叫得四下迴響。

芬表姐趕快回頭跑來，伸手把衞山拉上來，這時候，衞山變了一個小泥鬼啦！芬表姐忍不住「嘻嘻」地笑起來，衞山卻不停地詛咒：「那死狗，病狗！」

芬表姐説：「那隻狗幸好在這兒吠呢，如果當你跑到積肥的塘邊才吠，你就要掉進那積肥的塘裏去了。你該謝謝那狗才對。」芬表姐説完又琅琅的笑了。衞山卻不明白積肥的塘是什麼，便問芬表姐，芬表姐拉他走幾步遠，指指一間小竹棚旁邊的一個小塘，衞山一看，原來積了滿滿的糞便，衞山大叫：「好臭好臭！」芬表姐説：「我們的菜田長得好都靠它了，臭什麼？」衞山卻步步為營，真的生怕會栽進那積肥塘去呢！

芬表姐拔了菜，衞山跟她回家去。舅母看他渾身泥漿，又燒了一窩水，叫衞山再去洗個澡。大舅父説：「衞山，

暑假再來吧，那時候天氣熱，可以就在溪澗洗個泉水浴呢！」衞山説：「夏天再來，我不會掉到泥塘了。」芬表姐説：「那麼，就掉進積肥塘吧！」衞山做個鬼臉，説：「如果我掉進去，我也把你拉一把！」大家都哄然笑了。

天黑齊了，一頓豐富的晚餐也開始了，衞山最喜歡吃那盆炒青菜和另一盆田雞，那青菜每一口都十分清甜，那田雞腿嫩嫩滑滑的十分可口呢！

吃過了飯，表姐去洗碗，舅父和舅母去打點那鴨寮，衞山獨自跑到牀上去了，那是有蚊帳的大牀，衞山從來沒有睡過架着蚊帳的牀，他覺得好新奇，叫他想起了學校的木偶戲台，他就像走進戲台裏。忽然他聽見「嗡嗡」的響聲，他看看好像有一隻大蚊，他奇怪地自言自語：「又説蚊帳能阻隔蚊子，為什麼蚊帳裏有蚊子呢？」

芬表姐來了，衞山大叫：「表姐，表姐，快來看，蚊帳裏有蚊子啦！」表姐拿了一把葵扇，説：「垂下蚊帳的時候，先要撥撥蚊帳，把蚊子趕走呀！」衞山接過了葵扇，便向「嗡嗡」的聲音撥去，可是蚊子彷彿跟他捉迷藏，撥來撥去，還是聽見嗡嗡的響聲。衞山拿着扇胡亂的舞，忽然「隆」的一聲，蚊帳架塌下來了，把衞山整個罩着，叫芬表姐捧腹大笑。

　　芬表姐替他把蚊帳再架好，蚊子不知什麼時候跑了。衛山這時筋疲力倦，倒在牀上一會，就「呼嚕呼嚕」的睡了。

　　第二天一覺起牀，屋子裏靜悄悄的，衛山去洗臉，然後跑出屋外，他想舅父和芬表姐他們一定到菜地去了，他又走到屋後的小徑上，這回他拾起地上一根樹枝，準備黑狗再來，要跟牠拚，不讓牠狂吠的又逼得掉進泥坑去。衛山走過了小徑，看見芬表姐啦，她肩上擔着兩桶水，擔挑「依呀」的響，她就在菜田間穿插來往，桶裏的水往桶邊的花灑灑到兩邊的菜上。衛山跑上前，叫道：「芬表姐，我來幫你忙吧！」

芬表姐説：「好呀！你看看每棵菜，發現了蟲，就把牠挑出來吧。」

衞山蹲下來，留心的找，果然給他找到一條大毛蟲，毛蟲全身青綠，有些茸毛，衞山有點害怕，他大叫：「芬表姐，我看見一條大毛蟲呀！」芬表姐説：「快！把牠挑出來，放在那邊的小膠桶裏。」

衞山舉起手，卻遲遲疑疑，當他看見幾片菜葉給咬了一大角，就鼓起了勇氣。用手指夾住那軟綿綿的小東西，顫着手掉到小膠桶裏，經過這一次，衞山膽子大了。他又在幾棵菜上挑出了幾條毛蟲，後來，他還大膽地把一條毛蟲放在手掌上，看牠蠕動的樣子，覺得有趣極了。

芬表姐澆了水，跑到衞山身旁，説：「喂，你跟毛蟲交上朋友啦？牠是我們的仇人呀！」

突然有幾隻粉蝶在菜田上飛過，芬姐忙找殺蟲水向粉蝶射去，衞山説：「蝴蝶也是你們的仇人？」芬表姐説：「那是大仇人！這些粉蝶要飛到我們的菜田裏產卵，那些蟲卵，就孵化成這些毛蟲啊！這些毛蟲，又會變成這些粉蝶的。」

衞山聽了，説：「啊！我要把這些毛蟲帶回家去，看看牠怎樣變成蝴蝶。」芬表姐説：「好呀，你再找吧，替我們把所有毛蟲都挑出來吧。」這樣，衞山又忙去找毛蟲

了。

　　衞山蹲得腰痠腿麻，捉到了一大堆毛蟲，提着小膠桶回家去了。回到家裏，大舅父一看，就往桶裏噴了一些殺蟲藥，衞山呱呱的叫，舅父説：「你要蟲蟲，我一會兒給你一些。這些毛蟲不好玩啊！」

　　後來舅父不知從那兒找來了幾條蟲，卻沒有毛，也並不是綠色，而是白色的。舅父説：「這才是有益的蟲蟲呀！」衞山説：「這是什麼蟲？」舅父説：「這是蠶寶寶，牠吃桑葉，不吃我們的青菜，牠會吐絲結繭，變成飛蛾，那繭能抽成絲，造成綢緞，這才是我們的朋友呀！」

　　吃過午飯後，衞山又跟芬表姐到菜地去，這一回他又碰到了黑狗，可是那狗不向他吠了，還挺友善的搖着尾。衞山跟芬表姐學種菜，他經過糞池也不叫臭了。

　　衞山在這裏住了三天，玩得挺快樂。第四天早上，大舅父和芬表姐送衞山到火車站去，衞山提着幾斤青菜，還有一隻大母雞，依依不捨地隨着火車離開大埔了。

我開墾的菜園

　　阿祖從校車裏出來，一溜煙跑進屋裏，他習慣地瞧瞧他家的信箱，啊！加拿大的來信！那一定是姑丈的來信了，那美麗的郵票他一眼就認出來了。

　　阿祖拿着信，看看電梯的燈號，剛剛向上去了，他不耐煩等待，就一個勁兒往樓梯跑，跑，跑，他住在十二樓——也就是這幢屋子的頂樓了。

　　「媽！姑丈的信，姑丈的信啊！」阿祖一邊喘着氣，一邊拿着信跑進廚房，把信遞給媽媽。

　　「快拆開，快拆開，看看我寫給表哥的信他收到沒有，我寄給他的小熊貓收到了沒有！」阿祖嚷着。

　　媽媽拆開了信，她一邊看，一邊微笑。阿祖更心焦了，他叫：「媽！告訴我，信裏説什麼？」

　　媽媽説：「你表哥説收到你的信了，但小熊貓還沒有收到，那是平郵寄去的，當然沒這麼快。但姑丈有一個更好的消息呢！他在那邊建了一個溫室農場，是一間有幾千平方呎的玻璃屋，他叫我們給他在這兒買些芥蘭、菜心和

番茄的種子寄去呢！」

　　星期日上午，爸爸帶着阿祖到西營盤去，那兒近電車路一帶，有不少專售菜種的店子。爸爸買了幾磅芥蘭種子、菜心種子和番茄種子，還托那店子代他郵寄到加拿大去。阿祖說：「爸爸，我們也拿一點點回家去種吧！」爸爸笑着說：「我們把菜種在什麼地方？在客廳裏邊攪一個菜園麼？」阿祖說：「我們可以種在花盆裏啊！」阿祖不管爸爸答不答應，就拿了一小袋番茄種子回家去。

　　星期二下午，爸爸下班回來，他習慣要看看小花架上的幾盆花，特別是新近開花的百合，花開得俊俏端莊極了。可是，怎麼眼前一盆百合花不見了？只有一個空盆子，泥土都翻過了，爸爸大叫：「阿祖！一定是你攪的鬼！」阿祖低着頭跑出來，說：「爸爸，沒有花盆種番茄，我把百合花拔掉，在盆裏撒了番茄種子了。」

　　爸爸氣得舉起手要打阿祖，可是看見阿祖怪可憐的樣子，低垂下頭，爸爸把手狠狠地收回，跺一下腳，回到房裏去了。

　　過了幾天，那盆子居然綻出嫩綠的芽，阿祖高興極了，起牀第一件事，就是給盆子澆水，放學回來，總要凝視那盆子好一會。

　　吃晚飯的時候，媽媽說：「說不定兩個月後，我們有自己種的番茄吃了。」阿祖偷偷看看爸爸，爸爸卻還惦記着他心愛的百合，提起那盆番茄，就一言不發。

　　那番茄總算替阿祖爭氣，不到一個月，就有四五根無名指般粗細的莖蔓延開來，葉也青青綠綠的並不算疏落，只嫌那莖軟軟的不會豎立起來，阿祖特地找了幾條綠色的尼龍草，把莖紮着，吊在窗花上。

147

最使阿祖高興的，就是爸爸也開始欣賞那盆番茄藤了。爸爸對阿祖説：「盆子的泥土，肥料不多，難望番茄會長得茁壯。晚上你在痰盂裏積一點尿，第二天清早，加一些清水，然後用來澆澆這盆番茄吧。」

姑丈又有信來了，他説寄去的菜種收到了，但可惜過了菜造，現在那溫室盛開了玫瑰，還在一隅種了番茄。阿祖嚷着説：「寫信告訴姑丈吧，我家的一隅也種了番茄，看看長出的番茄誰的大！」爸爸笑了，他説：「我們的盆子能結出番茄？那是奇跡啦！」

過了一個星期，爸爸説的奇跡果然出現了！阿祖最先發現了藤蔓上掛了兩顆指頭般大小的綠果子。

「結番茄啦！結番茄啦！」阿祖嚷叫得要塌屋似的。爸爸彷彿不相信他的眼睛，拿出手帕抹拭一下眼鏡片，再戴上去細看，終於微笑説：「行！真行！阿祖的心血得到收穫了！」

阿祖更樂不可支，有空就依在窗前細看。番茄從指頭般大小，長到雞蛋般大小了，但還是青綠青綠的

一夜之間，兩個番茄忽地變紅了。爸爸特地買了一卷彩色菲林回來，要給兩個紅番茄拍照。媽媽説：「我要設計一味什麼美味的菜餚，來配製這兩個番茄呢？」阿祖卻

説：「不：這個番茄是不吃的！就讓它一直掛在窗外。」

爸爸説：「那可糟塌了它啦！味美的菜蔬是供人吃的，正如美妙的音樂是供人聽的一樣。你不能『看』音樂，更不能『吃』一幅名畫，同樣道理，好的番茄應該吃掉，卻不能拿來欣賞吧！」阿祖聽了，沒有話説。不過媽媽答應，還是讓它掛在藤上幾天，直至熟透了才摘下來吃。

自從盆子裏長出紅番茄，阿祖就夢想着他也有一個菜園，可以讓番茄藤自由自在地蔓延，可以叫它盡量吸取營養，不斷結出又大又紅的果實。阿祖是住在頂樓的，他家可以通上天台去的，阿祖就打「天台」的主意了，終於，一天晚飯後，阿祖對爸爸説：

「爸爸，我想在天台開闢一個菜園，把盆子的番茄移種到菜園裏。你説好不好？」

爸爸想了一想，説：「好吧！趁着幾天復活節假期，我們動手開闢一個菜園吧！」

阿祖高興得跳起來了！第二天，他們買了幾十塊磚頭，一包士敏土*，還到附近的建築地盤鏟了一點沙土，就在天台一角圍成一個菜圃。爸爸還特地托人到新界去運回來幾

----

*士敏土：水泥，一種建築材料。

袋肥沃的泥土呢！

　　終於把盆子的番茄移種到天台去了，還撒了一些種子，阿祖幹得一頭大汗，但他很開心，他高聲地說：「哈哈，這是我的菜園呀！」阿祖想起了那空空的盆子，便對爸爸說：「爸爸，你又可以用這盆子栽種你心愛的百合花了。」

豬骨粥

　　珠嬸帶着女兒阿珠，在新蒲崗街口擺一檔粥，那「招牌粥」就是豬骨粥，因為真材實料，有豬骨、有花生，所以生意不錯，光顧的都是附近工廠的工人，珠嬸寡母婆帶着珠女，就靠這粥檔來維持家計了。

　　「奇怪，最近幾個月特別好生意，剛過中午就賣光了，看樣子要再買一個大瓦煲，煮兩大煲來供應才行。」珠嬸自言自語説。

　　「媽，」珠女答腔，「幾個客仔都叫我們兼賣些饅頭，我看，還可以做些饅頭來賣吧。」

　　「哪裏有這麼多精神？現在五更起牀煲粥，再做饅頭就不用睡覺了。」

　　可是，不久已經有客人直接對珠嬸説了。

　　「賣粥婆，快兼賣些饅頭之類頂肚的東西吧！」有一個滿額汗的男工友説。

　　「為什麼？」

　　「嗨！你還不清楚嗎？你幾個月前一碗粥才賣三角錢

罷了，現在為什麼要賣到六角？」

「沒辦法，米、豬骨、花生都漲價了。我們的利錢實在比以前三角錢一碗時還少！」珠嬸忙解釋說，「但是，我的粥漲價，跟兼賣饅頭有什麼關係呢？」

「這還不明白嗎！我以前可以花兩塊錢到大牌檔吃頓午飯，現在吃四塊錢才行。但薪金多不了，所以，我現在中午不吃飯了，改來吃碗粥暖暖肚算啦！可是，疴兩次尿肚子又空了，所以，你如果兼賣些饅頭，多花三四角錢，可以真正塞飽肚子啊。」

珠嬸聽了，恍然大悟，並且明白為什麼最近賣粥多了。

珠嬸實在沒有時間再做饅頭，後來，她想到一個辦法，到賣上海饅頭的店子裏去，跟老闆商量。

「老闆，你能每天多做三十個饅頭給我，讓我拿到工廠門前去賣嗎？」

「那可以的，不過你頂多每個只能賺幾分錢。現在麵粉貴、人工貴啦。我給你每個三毫六，你賣四毫錢一個吧。」

「怎麼，利錢這樣薄，每個賺四個仙，賣光三十個才賺一塊二毫！」

「你情我願才好，你想想吧！」

珠嬸為了應顧客的要求，也就答應了。以後每天跟那上海食物店買三十個饅頭，拿到粥檔去賣。

「賣粥婆，你真行！一碗豬骨粥加一個饅頭，只花一塊錢就吃飽了！」不少顧客都這樣稱讚珠嬸。

珠女在一旁默不作聲，忙着洗碗。忽然，她看見一個女孩子，年紀和她相彷彿，蹲在地上吃粥。那樣子好熟稔呀！珠女一邊洗碗，一邊追憶在哪兒見過她。可是，那女孩子吃過豬骨粥就匆匆走了。

那天收檔回家，休息了一會，珠女還一直想在哪兒見過那女孩子。

「珠女，」媽媽喊道，「六點鐘啦，快去肉枱取豬骨吧！」珠女每天這個時候，就到市場肉枱那兒去拿豬骨回來的。珠女應了媽媽，就到市場去了。剛進市場，就看見一角坐着那午間見過的女孩子，她正在埋頭剝蝦殼。

「對了！」小珠想，「她每天都在這兒剝蝦殼的，原來就是她！」

小珠走過去，輕輕拍拍她的肩膊。那女孩子抬起頭，陌生地望望珠女。

「喂，你不是在新蒲崗的工廠做工嗎？怎麼還有空每天來剝蝦殼？」

「你、你怎麼認識我啊？」

「我是你光顧吃豬骨粥那賣粥婆的女兒阿珠。」

「哦，原來是你。我叫阿娟。我放工就立即來這裏剝蝦殼了。沒辦法，爸爸收入少，兄弟姊妹又多。」

「看你不夠十六歲，怎麼可以進工廠！」

「借別人的身分證，冒充一下就行啦，很多人都是這樣的，老闆反正都知道，他也樂得少出一點人工呀！」

阿珠趕着去拿豬骨，沒有再談下去了。

第二天正午，阿珠也正忙着洗碗，忽然有人叫她：「珠女姐。」

抬頭看看，原來是剝蝦殼的阿娟，她正在吃着豬骨粥。

「喂，怎麼吃一碗粥夠啦？吃過午飯沒有？」珠女問。

「夠了，吃一碗粥就開工，慣了。」

「吃個饅頭吧。」珠女看看她瘦削的臉。

「不，夠了。」阿娟吃完了粥，付了六角錢，又匆匆走了。

這天下午六點鐘，珠女又照例到市場去取豬骨，又看見阿娟在老地方蹲下來剝蝦殼。

「阿娟，你真勤力。」阿珠說。

「哦，珠女姐，你又來拿豬骨嗎？」

「喂，你一天做兩份工，中午該吃好一點呀！」

阿娟搖搖頭，不説話。

「我明天請你吃饅頭。」珠女説。

「不要了，我慣了。」

「肚子餓也有慣不慣的？」

「真的，從我懂事起到現在，我都不曾吃過滿飽的，偶然想吃飽一次，就有大禍臨頭了。」阿娟説。

珠女沒有空多説話，她要趕快去拿豬骨了。

第二天，阿娟又來吃粥。珠孀忙着應付剛放工的人羣，忙得不可開交。珠女拿着一個饅頭，就塞進阿娟挽着的膠手抽裏。

「吃吧！吃吧！」珠女也實在很忙，一大堆碗等着她馬上洗乾淨來用，所以她塞了個饅頭進阿娟袋裏，又埋頭洗碗了。

阿娟沒有立即拿出饅頭來吃，她匆匆的吃過那碗粥，就像往常一樣，給珠孀六角錢。

珠孀眼鋭，看見阿娟的手抽裏有個饅頭，就問：「那饅頭給錢了沒有！」

阿娟不好意思的把饅頭拿出來，要還給珠孀。

「怎麼？想偷饅頭呀！」珠孀光火地説。

　　珠女這時候剛把洗好的碗拿來，看見媽媽罵阿娟，連忙說：「媽！是我送給她的！」

　　「什麼！你真闊氣！我們賣十個饅頭才賺一個，你拿來送人！」

　　這時候阿娟放下饅頭，眼裏含着淚水，說：「珠嬸，不要生氣，我說過不要的！」

　　珠女可氣死了，她拿起饅頭，又要塞到阿娟的手抽裏。阿娟推開珠女的手，說：「我早就說過，我想吃飽就會大禍臨頭了！」阿娟就匆匆的在人堆裏擠出去走了。

　　珠女哭了，她賭氣不洗碗，一溜煙跑回家去。

　　珠嬸呆住了，可是人羣擠過來，叫嚷：「喂，賣粥婆，一個饅頭！」

　　「喂，整*碗豬骨粥，快馬*！」

*整：這裏是「給」的意思。
*快馬：即快一些的意思。

別了，語文課

（榮獲全國紅領巾推薦十種讀物之一）

自從我第三次默書不合格後，班主任張先生就給我調了位，從第四排第三行調到最前排的第一行。這樣，上國語課的時候，張先生拿着課本講書，總是不經意似的站在我的位子前邊。這樣，我不能豎起課本，用它來擋着先生的視線，在下邊畫公仔了；我不能偷偷寫些笑話，把紙團傳給坐在後邊的同學了；我甚至不能假裝俯下頭看書，實際閉上眼睛打瞌睡了。

「陳小允。」張先生忽然叫我的名字，我心裏「卜卜」的跳，站起來了。

「你回答我的問題，這一課寓言的作者是誰？」張先生在向我提問。

唉，我雖然調到第一排，不敢畫公仔，不敢傳紙團，不敢打瞌睡，但不知為什麼腦子總不能集中，剛才雖然雙眼望着課本，但是思想溜到哪裏去遊逛了。我張着嘴要答話，但只能「嗯嗯」的發聲，眼睛四處張望，希望有誰給

我一點提示。

我看見坐在側邊的葉志聰，他故意咧着牙齒，雙手像要拉緊一個繩索。他真是我的救星！他的動作喚起我預習時的記憶，他「依」起牙齒拉繩索，對了，我急忙回答說：「作者是伊索。」

張先生叫我坐下，我偷偷噓一口氣，回頭對志聰眨眨眼睛，是對他感謝的眼色。

放學的時候我拉着志聰的手一起走，志聰對我扮個鬼臉說：「你怎麼攪的？坐在最前排也聽不到先生講書？你今天差點兒要留堂了。」

「別提了！說實在的，我不喜歡國語堂，什麼主題中心，什麼詞語解釋，什麼標點符號，什麼文章體裁，這些東西都叫我發悶。」這是我的心裏話。

「你不喜歡國語？我倒跟你相反，我覺得那是最有趣的一科，而且——你不喜歡也得啃，這是主要科，你不合格休想將來考到升中試！」

提起升中試，我就狠狠地把腳前一塊石子踢得遠遠。志聰要拐個彎向那邊走了，我說了聲再見，便獨自走我的路。我心裏想：我實在並不是十分討厭國語，但是提起默書就害怕，又要聽默，又要背默，每次總有十來二十個字

不會寫，每次派簿回來，張先生就把我叫到他身旁，責備我一番，督促我要好好改正，這樣改正錯字就寫得手也痠軟。我想，如果國語沒有默書那一科，我大概也會喜歡國語的。

回到家裏，媽媽叫我換了校服，說要帶我到照相館照相，我覺得奇怪，但媽媽催促着，我便忙着換了一套媽媽預備好的衣服——那是新年才穿的西裝，還打領帶，這樣隆重我總覺得不尋常，到了照相館，媽媽獨個兒拍攝了半身像，接着我也拍攝了半身像。回家的途中，媽媽才對我說了一點點兒：

「小允，我們一家要移民到中美洲去了，你喜歡嗎？我們一家坐飛機呢！」

我聽了搔搔頭，心裏有點高興，我知道伯父住在中美洲的危地馬拉，他在那邊開了間商店。聽媽媽說我們要移民到那裏去，就是不再回來了。我問道：

「什麼時候去？那麼還要上學嗎？」

「現在才辦理手續，大約要再等一個月，當然還要繼續上學啊！」

我知道我心裏想的是什麼，聽到了要移民，我第一個念頭就是以後不用再默書了。當然，我也知道將來到了外

地，還是要再上學，也還一樣要默書，但是，在那邊，恐怕不用再默寫那些艱深的中國字了吧？

我不知道是高興還是發愁，媽媽打電話叫人來看家裏的傢私雜物，那套梳化椅要賣了，那電視機要賣了，那冰箱也要賣了，我心裏總有點不是味兒。

第二天回到學校，班主任張先生又叫我到教員室去，我心裏想：「大約又要責備我默書不合格吧。不過，我最多讓他嘮叨兩三次，以後，啊，以後這裏什麼事也和我不關痛癢了。」

果然，我看見張先生拿出我的默書簿，我低垂下頭，默默地站在他身旁。他慢慢地翻開我的默書簿，第一頁是三十分，第二頁是四十分，第三頁是四十五分，到了第四頁，也是最近默書的一次，呀，我真不敢相信我的眼睛，是七十五分，不但合格，而且成績居然不錯。

張先生和藹又嚴肅地説；「陳小允，這次我叫你來，不是責備你了，你看，你的默書進步啦，今次只錯了五個字，只要你上課留心聽講，回家勤懇溫習，以後一定會進步更快的。你要知道，你是個堂堂正正的中國人，自己本國的文字也寫不好，那不是笑話嗎？小允，我看見你默書進步我真高興，我特地送你一份小小的禮物，希望你繼續

努力。」

張先生說完了，從抽屜裏拿出一本圖書，書名是「怎樣學好語文」。我接過張先生的圖書，雙手不禁顫抖起來。唉，我寧願張先生像過往一樣責備我，我真是個不長進的孩子，昨天聽媽媽說要移民外國，居然第一個念頭是高興用不着再默寫中國字了，但是，張先生對我的進步多麼着急呀！

我離開教員室，看看張先生送給我的圖書，不禁眼眶發熱。回到課室的座位上，我翻開那本圖書，第一段話映入眼簾：

「中國有悠久的歷史，有優美的環境，長期地孕育着中國文化，使中國語言成為世界上最優美的語言之一。」

從來沒有一本圖書的內容這樣震撼我的心靈，這一段話，好像有人用豐富的感情在我的耳畔誦讀着。

鐘聲響了，第一堂是國語。以前我上這一課時總是懶洋洋提不起勁，奇怪，今天我翻開國語書，另有一番滋味，我的腦子也忽然不會胡思亂想，全神貫注着張先生授課，我為什麼忽然會喜歡了國語科，覺得張先生每一句話都那麼動聽？這一堂好像過得特別快，一下子就是下課鐘聲。

這天放學回家，我一口氣讀完張先生送給我的圖書，

這本書淺顯地介紹中國語文的發展，然後分述豐富的中國語文、簡練的中國語文和優美的中國語文，最後還講述學好中國語文的方法。我一下子對中國語文知道很多很多，我有點怪張先生，為什麼不早點送這本書給我，讓我早點知道中國語文的豐富和優越。我放下了書，走到爸爸跟前，問爸爸説：

「爸爸，我們將來移民到中美洲，我還有機會學習中國語文嗎？」

爸爸説：「我正為這件事操心。我知道那邊華僑很少，沒有為華僑辦的學校。到了那兒，你便要學習那邊的西班牙文。我擔心你會漸漸忘記了中國語文。」

我聽了嚇了一驚。我試拿起一張報紙，只是大字標題就有不少字不認識，不要説報紙的內文了。我現在念五年級，可是因為我過去不喜歡國語科，語文實在學不好，大約實際只有三、四年級的中文程度。

我張惶地拿出國語書，急急溫習今天教過的課文，我覺得課文內容饒有趣味，我又拿出紙，用筆反覆寫熟新學的生字。我想起自己頂多還有一個月學習語文的機會，心裏就難過，真希望把整本國語書，一下子全學會。

我一連兩次默書都得到八十分，張先生每次都鼓勵我；

最近一次默書，我居然一個字也沒有錯，得到一百分！那天國語課，張先生拿出我的默書簿，翻開第一頁給大家看，然後又翻到最後一頁，高高舉起讓同學們看清楚。張先生說：

「陳小允的驚人進步是我們學習的好榜樣。你們看，他學期開始默書總不合格，現在卻得到一百分！」

有誰知道我心裏絞痛！唉，語文課，在我深深喜愛上你的時候，我就要離開你了，我將要接受另一種完全不同的外語教育了，想到這裏，我噙着淚。坐在我側邊的葉志聰看見，他大驚說：「張先生，陳小允哭啦！」

同學們都奇怪地注視着我。張先生走到我身旁，親切地撫着我的頭，說：「小允，你為你的進步而哭嗎？」

我抹拭着淚水，站起來，嗚咽地說：「張先生，我下星期要離開這裏了，我們全家移民到危地馬拉，我……我再沒有機會學習中國語文了。」

我的淚糊着眼睛，我看不見同學和張先生的反應，只知道全班忽然異樣地沉寂，張先生輕撫着我的頭，叫我坐下。

離開這裏的日子越來越逼近了。同學們都紛紛在我的紀念冊上留言，聲聲叮囑不要忘記中國，不要忘記中國語

文。

這天，是我最後一次上國語課了，張先生帶來一紮用雞皮紙封好的包裹，他對全體同學說：

「陳小允是最後一天和大家相敍了。我們祝福他在外地健康快樂地成長。我沒有什麼送給他，只送他一套由小學六年級到中學五年級的語文課本，希望他遠離祖國後，還可以好好自修，不要忘記母語！」

我接過這套書，心裏極度難過。下課後，同學們都圍上來，有人送我一本中文字典，有人送我一本故事書。他們的熱情，使我一直熱淚盈眶。

別了，我親愛的老師，我親愛的同學！我一定不會忘記中國語文，我把我的默書簿一生一世留在身邊，常常翻閱它，我會激勵自己把中國語文自修好，像這本默書簿的成績那樣。

聖誕咭上的蓮花

才踏入十二月，走到街上，就看見這兒是聖誕老人，那兒是聖誕老人，差不多每一間商店的窗櫥，都畫着個聖誕老人向路人微笑。我真懷疑聖誕老人的職業，他大概是個推銷員，要不然，為什麼商店的老闆都拿他來做招徠顧客的標誌？

我也被聖誕老人推銷員引進一家書店裏去了。我看見架上排着七彩繽紛的聖誕咭，便惦念起黃老師來了，她是我小六時候的班主任。去年聖誕節的時候，她一再叮囑我們，不要花錢送聖誕咭給她。可是，她實在是我們最敬愛的老師，同學們想了一個辦法，推舉圖畫畫得好的莫綺蘭和勞作做得好的麥耀明，由他倆替全班同學合製一個聖誕咭，這個聖誕咭不花錢，黃老師總會接受吧。這個聖誕咭做了三天才做好，我們一看，都讚歎不絕。那是一張見方的白咭紙，畫上紅色的畫框，當中用剪裁的綠色尼龍草貼成幾條剛勁的青草，畫面簡單清雅，右上角寫上兩行端秀的毛筆字，清雅的畫面頓時飽含新意了。那兩行字是這樣

寫的：「敬愛的黃老師：我們不會忘記您的教導，要做疾風中的勁草。七三年畢業班學生敬上。癸丑年仲冬。」下邊還畫了個小小的紅印章，寫着「謝師」兩個古字。我們知道莫綺蘭是學國畫的，所以這張聖誕咭有點國畫的味兒呢！黃老師收到我們的聖誕咭，嚴肅的臉也喜上眉梢了。第二天她的課，她用顏色粉筆在黑板上畫了一個方框，然後寫上蒼勁的字：「努力學習，健康成長；四面污泥，朵朵紅蓮。祝你們聖誕快樂，新年進步。黃潔茹，一九七三年末。」黃老師寫好之後，微笑對我們説：「古人畫餅充飢，我現在是畫個聖誕咭做賀禮。謝謝你們送給我的聖誕咭，這是我回贈給你們的，只希望你們把咭上的字銘記在心中，這就等於收了我的聖誕咭了。」黑板上的聖誕咭保留了一堂，就擦掉了。現在事隔一年，這張畫在黑板上的聖誕咭，還歷歷如在眼前，我是收了黃老師的聖誕咭了，它印在我的心板裏。

今年暑假，我順利升上中學。到現在，離開黃老師快半年了。這半年的中學生活，更使我懷念黃老師了，黃老師對我們的細心、親切，跟中學老師的冷漠、放任恰成對比。我面對一排排的聖誕咭，心裏卻想着過去的事，直到那店員問我：「要買什麼咭？」我才醒覺自己呆立太久了，

忙靦覥地説：「我……我在找找看。」

　　就在架的上角，我看見一張白色竹紋的咭，上邊印着紅色閃亮的聖誕花。黃老師寫的字又彷彿在眼前了：「四面污泥，朵朵紅蓮。」我對站在身旁的店員問：「請問，有沒有不是畫聖誕花，而是畫蓮花的？」話説出口，才覺得自己問得傻氣，那店員聽了也一怔，搔搔頭答道：「聖誕節大概不開蓮花吧……」我不等他答完，就忙拿起那張聖誕咭，付錢給他了。

　　我把聖誕咭寄出了，是寄到黃老師家裏去的。臨別時我曾抄下她的住址，最近也想過要去探訪她，但又怕她問起自己的中學生活，叫自己慚愧，也就一直沒有成行。現在，就以這一張賀咭，代我去問候她吧。

　　聖誕咭寄去之後，我就想起還要找三兩張寄給小學時幾個要好的同學，便又折回那書店去。那店員居然還認得我，微笑説道：「還要找一張畫蓮花的聖誕咭嗎？大概要請耶穌改在夏天出世才有了。」我瞪他一眼，不理他，逕自擠到放咭的架前。這時候，我又看見我送給黃老師那一款聖誕咭，白色竹紋，壓着紅色閃亮的聖誕花，還有……花上邊還有兩個字：「FOR MOTHER」。我的天，怎麼我剛才沒有看見這兩個字？這是寫明送給媽媽的聖誕咭呀！

我鬧的是多大的笑話啊！

　　我立即跑出書店，一溜煙向郵局跑去，郵局裏的郵箱像個鐵將軍，板着鐵青的臉，我怎能把錯寄的咭取回來呢？我呆呆地立着，想想只有一個辦法，到黃老師家裏去，向她道歉，説自己寄錯了聖誕咭，最好趁她未拆封的時候，把咭換了。

　　第二天放學後，我再買一個聖誕咭，這一回小心細看咭裏印的每一個字，放心了，不錯了，才拿着這聖誕咭去

找黃老師。

她家住在對海，擠上隧道巴士，下車後還問了兩個路人，才找到那幢大廈，乘電梯上八樓，找到 B 座了，在門前我還想着該說些什麼話，這樣像作文章起草稿似的，想好了一堆話藏在肚子裏，然後按響門鈴。門開的是一個福建口音很濃的老婦人，問她黃潔茹老師在不在家，她側着耳朵聽我說了三遍，然後搖頭說：「磨、磨、磨。」我知道黃老師不是福建籍人，我大約找錯門了，可是，門關上之後，我再拿起我抄下的地址，跟門上的門牌號數對一下，也實在沒有錯。我想，事隔半年，也許搬家了吧，也就無可奈何地回家去。心裏倒有點慶幸，因為這個鬧笑話的聖誕咭自然不會寄到她手中了。

過了一個星期，我在別人寄給我的一堆聖誕咭裏，發現有一個信封上的字寫得蒼勁老練，我心裏暗暗奇怪，急忙拆開信封，喲，是一張國畫式的賀咭，畫的是大片墨染的荷葉，在濃墨中赫然是兩朵紅蓮──我真有一種衝動，要拿這張聖誕咭去給那書店的店員看看，叫他知道他的孤陋寡聞，看看一張畫蓮花的聖誕咭！我翻開咭的裏邊看看，在我意料之中，是黃潔茹老師寄來的，她只是題了名字和日期，其他似乎盡在不言中，那咭上的圖畫還在重複她的

叮嚀啊。我實在憂心忡忡,她一定接到我那鬧笑話的賀咭了。我連忙再找那信封看看,在左下角寫有郵寄人的地址,我細心對閱以前抄下的地址,原來又是我的粗心大意,她住的是 E 座,我抄的是 B 座,這樣,我知道鬧笑話的賀咭,一定由 B 座的鄰人交到她手裏了。

我又擠上隧道巴士去,我一定要找黃老師,要不然我放不下我的憂心。

又來到那一幢大廈了,在八樓 E 座前我停下來,又等了好一會,正在搜索要說的話,忽然門開了,開門的是個和我年紀相若的女孩子,她大約意料不及,嚇了一驚。我連忙說:「我是來找黃潔茹老師的。」那女孩子才定一下神,向我打量一下,然後回頭說:「媽!有人找你。」黃老師來了,她還是半年前那樣子,嚴肅裏有一份慈祥,看見了我,就笑容可掬的輕叫一聲:「玉珍,是你,來來來,進來進來。」

裏邊是陳設樸素的小客廳,最使我注意的是一個大書櫥,我剛坐下,黃老師的女兒已經給我端來了一杯茶,我喝一口,就不知該說什麼了。黃老師給我介紹她的女兒,說:「這是我的女兒,名叫司徒蓮。」我一聽,就說:「司徒蓮,紅蓮的蓮?」她的女兒就熱情的點點頭,說:「嗯,

你好！」接着伸出手來，我忙伸手跟她相握，然後才想起也該自我介紹，説：「我叫李玉珍。」她一聽，笑説：「啊！是你，李玉珍，謝謝你替我送一個聖誕咭給媽媽。」我聽了不禁紅了撿，黃老師立即輕責她説；「蓮，你怎麼剛認識人家，就取笑人啦？」她吐吐舌頭，站到一旁了。我説：「是的，黃老師，我真粗心大意，沒有看清楚聖誕咭上的字，就寄給你了，請你原諒我。」

黃老師慈祥地走近來，拉拉我的手，説：「玉珍，記得我教過你三年了，你四年班和五年班的時候，我教你國語、常識，到六年班還做你的班主任。幾年來，我都把你們一個個當做自己的兒女了。説實話，我收到你那印着給媽媽的聖誕咭，心裏是甜滋滋的。」黃老師説得慢慢的，滿有感情的，每句話都直溫暖我的心房，我凝望着她，真想撲進她的懷裏，親切地喊一聲「媽媽」。

黃老師問我這半年的生活，我能對她説什麼？説同學都是一個小圈又一個小圈的，我卻孤單地在小圈子以外嗎？説老師都真的是教員，「教完」就完了⋯⋯等等叫人洩氣的話嗎？

我垂下頭，不會回答。黃老師似乎已經聽到我心裏的話，她撫撫我的頭，説：「玉珍，我了解你的個性。你要

學會主動地交朋友，關心你周圍的人。有位詩人說過：『以火點燃火，以心發現心。』你是個中學生了，不能再像小學那樣，要人婆婆媽媽地照顧你了。你要學會照顧別人，關心別人，那時候，你便不會孤獨了。」

啊！我抬頭看見閃爍着智慧光彩的雙眼，又有一股衝動，要喊一聲「媽媽」。我的親媽媽也沒有這般了解我啊！

我們談話的時候，黃老師的女兒原來忙着煎熱一些糕點。這時候，她端出熱騰騰的糕，熱情地遞上筷子，她倆都陪着我一起吃。一邊吃，她的女兒一邊逗我說話，談話間，我知道這位司徒蓮是個中二的學生了。吃過點心，司徒蓮又熱情地拉着我的手，帶我到書櫥前邊，說：「你愛看書嗎？我有很多故事書，可以借給你。」我卻想起黃老師的話：「以火點燃火，以心發現心。」眼前這一朵黃老師悉心培養的紅蓮，正發揮着黃老師循循教導我們的哲理。

我借了兩本書，便告別了，黃老師和司徒蓮一直送我到電梯門口。電梯門關上了，我才發覺眼眶發熱，淚盈於睫。

附錄：何紫主要的兒童文學原創作品

出版時間	作品名稱	出版社
1973	40 兒童小説集	山邊社
1975	兒童小説新集	山邊社
1977	兒童小説又集	山邊社
1977	培培和小鴿子	山邊社
1977	不是童話	山邊社
1978	26 短篇童話集	山邊社
1979	我的兒歌	山邊社
1981	可以清心	山邊社
1981	老師不要走	山邊社
1981	海邊多快樂	山邊社
1981	臭水溝旁的城堡	中國少年兒童出版社
1982	別了，語文課	四川少年兒童出版社
1982	金色的陽光	山邊社
1983	山河款語	山邊社
1984	何紫作品選	廣東人民出版社
1984	仙子故事冊	山邊社

1985	聖誕咭上的蓮花	北京友誼出版社
1985	童年的我	山邊社
1986	那一棵榕樹	山邊社
1987	如沐春風	山邊社
1991	國王的怪病	山邊社
1991	豬八戒找工作	山邊社
1991	靚靚地球	山邊社
1991	美味的「醜東西」	新雅文化事業有限公司
1992	少年的我	山邊社
1992	魚缸裏的婚禮	山邊社
1992	王子的難題	山邊社
1992	給中學生的信	山邊社
1992	成長路上的足印	山邊社
1992	C班仔手記	山邊社
1993	給女兒的信	山邊社
1993	心版集	山邊社
1993	何紫情懷	山邊社
1996	春雨故事集	山邊社

獲獎作品:

- 《別了,語文課》:榮獲全國紅領巾推薦十種讀物之一。
- 《何紫作品選》:榮獲廣東省第一屆兒童文學作品評獎一等獎。
- 《童年的我》:榮獲第三屆「中學生好書龍虎榜」十本好書之一。
- 《少年的我》:榮獲第二屆香港中文文學雙年獎。
- 《C 班仔手記》:榮獲第七屆「中學生好書龍虎榜」十本好書之一。
- 《何紫散文精選集》:榮獲第十五屆「十本好讀」(小學組)。